# EQ
# इमोशन्स पर जीत

दुःखद भावनाओं से मुलाकात कैसे करें

## How to Take Charge of Your Emotions

सरश्री

# इमोशन्स पर जीत
### दुःखद भावनाओं से मुलाकात कैसे करें
### By Sirshree Tejparkhi

प्रथम आवृत्ति : जुलाई २०१७

रीप्रिंट : सितंबर २०१७

प्रकाशक : वॉव पब्लिशिंग्स प्रा. लि., पुणे

---

© Tejgyan Global Foundation
All Rights Reserved 2017.
Tejgyan Global Foundation is a charitable organization with its headquarters in Pune, India.

© सर्वाधिकार सुरक्षित

वॉव पब्लिशिंग्ज् प्रा. लि. द्वारा प्रकाशित यह पुस्तक इस शर्त पर विक्रय की जा रही है कि प्रकाशक की लिखित पूर्वानुमति के बिना इसे व्यावसायिक अथवा अन्य किसी भी रूप में उपयोग नहीं किया जा सकता। इसे पुनः प्रकाशित कर बेचा या किराए पर नहीं दिया जा सकता तथा जिल्दबंद या खुले किसी भी अन्य रूप में पाठकों के मध्य इसका परिचालन नहीं किया जा सकता। ये सभी शर्तें पुस्तक के खरीददार पर भी लागू होंगी। इस संदर्भ में सभी प्रकाशनाधिकार सुरक्षित हैं। इस पुस्तक का आंशिक रूप में पुनः प्रकाशन या पुनः प्रकाशनार्थ अपने रिकॉर्ड में सुरक्षित रखने, इसे पुनः प्रस्तुत करने की प्रति अपनाने, इसका अनूदित रूप तैयार करने अथवा इलेक्ट्रॉनिक, मैकेनिकल, फोटोकॉपी और रिकॉर्डिंग आदि किसी भी पद्धति से इसका उपयोग करने हेतु समस्त प्रकाशनाधिकार रखनेवाले अधिकारी तथा पुस्तक के प्रकाशक की पूर्वानुमति लेना अनिवार्य है।

---

### Emotions Par Jeet
#### Dukhad bhavnao se mulakat kaise karen

यह पुस्तक समर्पित है
भगवान शिव को,
जिन्होंने नकारात्मक भाव रूपी ज़हर को
न निगला और न ही उगला,
उनसे हमें भाव साधना का रहस्य पता चलता है।

# विषय सूची

| | | |
|---|---|---|
| प्रस्तावना – | दुःखद भावनाओं से मुक्ति का मार्ग | 9 |
| | शिव सुंदर, सुर सुंदर, साधना सुंदर | |
| खण्ड 1 | **भावनाओं की समझ** | 13 |
| | भावनात्मक बुद्धिमत्ता बढ़े | |
| अध्याय १ | **इमोशनल कोशंट (इ.क्यू.) का महत्त्व** | 15 |
| | भावों के १८ स्थान | |
| अध्याय २ | **बचपन की भावनाओं से जुड़ी मान्यताएँ** | 21 |
| | बच्चों को मिले सही समझ | |
| अध्याय ३ | **बचपन में भावनाओं का प्रहार** | 25 |
| | स्वयं और दूसरों को समझने का तरीका | |
| अध्याय ४ | **रोना अच्छा है** | 29 |
| | प्रेम का टीका लगाएँ | |
| अध्याय ५ | **आप बड़े हो चुके हैं** | 35 |
| | असुरक्षा की भावना से मुक्ति | |
| अध्याय ६ | **भावनात्मक बुद्धिमत्ता** | 41 |
| | युवाओं की ज़रूरत | |
| अध्याय ७ | **दुःखद भावनाओं का साक्षात्कार** | 47 |
| | संपूर्ण सृष्टि है आपके साथ | |
| अध्याय ८ | **घटनाओं के दुःख से मुक्ति** | 51 |
| | संवेदनशीलता के साथ जुड़े प्रज्ञा | |

| | | |
|---|---|---|
| अध्याय ९ | भावनाओं को अभिव्यक्त करने के तरीके<br>हो क्रोध में बोध | 57 |
| अध्याय १० | असहज भावनाओं का सामना कैसे करें<br>इमोशन और फीलिंग के फर्क को समझें | 63 |
| खण्ड 2 | **भावनाओं से मुक्ति के उपाय**<br>भावनात्मक रूप से परिपक्व कैसे बनें | 71 |
| अध्याय ११ | भावनात्मक परिपक्वता कैसे लाएँ<br>खेल भावना रखें | 73 |
| अध्याय १२ | भावनाओं को मुक्त करने का पहला योग्य तरीका<br>योग्य अधिकारी ढूँढ़ें | 81 |
| अध्याय १३ | भावनाओं को मुक्त करने का दूसरा योग्य तरीका<br>पेईंग गेस्ट | 85 |
| अध्याय १४ | भावनाओं को मुक्त करने का तीसरा योग्य तरीका<br>स्वयं से सही सवाल पूछें | 89 |
| अध्याय १५ | भावनाओं को मुक्त करने का चौथा योग्य तरीका<br>एक शक्तिशाली मंत्र | 95 |
| अध्याय १६ | भावनाओं को मुक्त करने का पाँचवाँ उच्चतम तरीका<br>ध्यान साधना | 99 |
| अध्याय १७ | भावनाओं को मुक्त करने का छठा उच्चतम तरीका<br>साक्षी बनें | 105 |
| अध्याय १८ | भावनाओं को मुक्त करने का सातवाँ उच्चतम तरीका<br>स्वयं को शरीर न मानें | 109 |
| अध्याय १९ | भावनाओं को मुक्त करने का आठवाँ उच्चतम तरीका<br>जो चाहिए उस पर ध्यान दें | 115 |
| अध्याय २० | भावनाओं से मुक्ति का खेल<br>डायरी में शतरंज खेलें | 121 |
| खण्ड 3 | **भावनाओं पर जीत - ग्यारह सवाल** | 125 |
| अध्याय २१ | भावनाओं पर जीत<br>ग्यारह सवाल | 127-143 |

| | | |
|---|---|---|
| खण्ड ४ | भावनाओं का सार | 145 |
| अध्याय २२ | आपका फाइव स्टार होटल<br>नकारात्मक भावनाओं का डेरा | 147 |
| अध्याय २३ | फाइव स्टार नर्क<br>प्रज्ञा, प्रेम और आत्मविश्वास का किराया | 151 |
| अध्याय २४ | किराया वसूल कैसे किया जाए<br>साँस पर हो काम | 154 |
| परिशिष्ट | तेजज़ान फाउण्डेशन व पुस्तकों की जानकारी | 159-176 |

# दुःखद भावनाओं से मुक्ति का मार्ग
## शिव सुंदर, सुर सुंदर, साधना सुंदर

'सीने में जलन, आँखों में तूफान सा क्यों है,
इस शहर में हर शख्स शान से परे (परेशान) सा क्यों है?'

ये कुछ ऐसे शब्द हैं, जो हमारी फीलिंग्स अर्थात हमारे मनोभावों को प्रकट करते हैं। सीने में जलन, आँखों में आँसुओं का तूफान आदि ये सब भावनाओं का ही प्रकटीकरण है। जब भावनाएँ नियंत्रण से बाहर हो जाती हैं तब लोग उनसे बचने के लिए व्यसनों के आधीन हो जाते हैं। क्योंकि वे अपनी भावनाओं को अनुभूत (फील) करना नहीं जानते। भावनाओं को फील कर मुक्त होना एक कला है, जो हमें सीखनी है।

धार्मिक पुस्तकों में समुद्र मंथन की बहुत ही सुंदर कथा पढ़ने को मिलती है। कथा के अनुसार देव और दानवों के बीच हुए युद्ध के दौरान जब समुद्र मंथन हुआ था तो उससे विष और अमृत दोनों निकले थे। अमृत पीने के लिए तो क्या देवता और क्या

दानव सभी तैयार हो गए थे लेकिन जब विष ग्रहण करने की बारी आई तो सब पीछे हट गए। उस विष का विषैला प्रभाव समूची सृष्टि पर पड़ रहा था। सभी हाहाकार कर उठे, तब सृष्टि को बचाने के लिए भगवान शंकर ने उस विष को पीने का निर्णय लिया।

उस विष का अकेले शिवजी ने ही पान किया। योगेश्वर शिव ने अपने तपोबल से उस विष को अपने कंठ में ही अटकाकर रख लिया। उस विष के कारण ही शिवजी का कंठ नीला है, जिससे उन्हें नीलकंठ भी कहा जाता है। यह कहानी तो आपने सुनी होगी परंतु इससे आप क्या सीख सकते हैं, आइए समझते हैं।

हम सभी जानते हैं कि हमारे गले से जो भी चीज़ गुज़रती है, वह सीधे पेट में पहुँचती है और अगर कोई गलत चीज़ पेट में पहुंच जाती है तो वह पेट के साथ सारे शरीर को भी कितनी तकलीफ पहुँचाती है।

ठीक यही होता है भावना (इमोशन) के साथ। भावनाएँ जब गले से नीचे उतरती हैं तो लोगों को इससे तकलीफें शुरू होती हैं।

जैसे भगवान शिव जानते थे कि विष को उगलना और निगलना, दोनों भी विपत्ति-पूर्ण बातें हैं, वैसे ही आपको भी जानना चाहिए कि भावनाओं को सामनेवाले पर उगलना और निगलना, दोनों आपके लिए खतरनाक सिद्ध हो सकते हैं।

इंसान को भावनाओं से मुक्त होने के केवल दो ही तरीके पता हैं- पहला है, भावना को दबाओ और दूसरा है, उसे सामनेवाले पर थोप दो और चीखो-चिल्लाओ यानी किसी दूसरे पर दोष मढ़ दो। आपने गौर किया होगा कि ऐसी स्थिति में जब इंसान थोड़ा चीखता-चिल्लाता है तो उसे कुछ राहत मिलती है, थोड़ा अच्छा महसूस होता है। पर ऐसे में सामनेवाले पर क्या गुज़रती है, वह सोचता ही नहीं है।

अब आपको दोनों तरीकों से ऊपर उठना है। शिव (होश) साधना वह उच्चतम तरीका है, जिससे आप भावनाओं को ऐसी जगह स्थित कर पाएँगे, जिससे न आपको तकलीफ हो और न सामनेवाले को। वह जगह है, 'आपका गला'। यह कैसे किया जा सकता है आइए, देखते हैं।

दु:खद भावनाओं को गले में ही सँवार लेने की साधना को 'शिव साधना' कहा गया है। भावनाओं को गले में ही समाने से भी महत्वपूर्ण है, साधना करना। इस साधना को धीरे-धीरे अभ्यास करके साधा जा सकता है।

जब भी कोई नकारात्मक भाव उभर आए तो उसे गले में रख लें और गलत बातें उगलने के बजाय, सुंदर सुरों को कंठ से निकालें। ऐसा करने से आप नकारात्मक भावों

को भी वरदान बना सकते हैं। क्या यह हो सकता है? इसे एक उदाहरण द्वारा समझते हैं।

एक गायक था, जिसे अभी ख्याति नहीं मिली थी। वह एक लड़की से प्रेम करता था। जब उसका रिश्ता लड़की के घर भेजा गया तो लड़की के पिता ने यह कहकर रिश्ता ठुकरा दिया कि 'मैं अपनी लड़की की शादी किसी गवैये से नहीं करवाना चाहता।'

लड़की के पिता ने उसकी शादी कहीं और करवा दी। अब इस लड़के ने अपनी भावना को न उगला, न ही निगला बल्कि उसने यह चुनौती ली कि 'मैं एक बड़ा कलाकार बनकर दिखाऊँगा। मैं बहुत नाम कमाऊँगा। ऐसा गायक बनूँगा कि कोई भी पिता अपनी बेटी की शादी मुझसे करवाना चाहेगा।'

उसने दिन-रात रियाज़ किया और मेहनत की। आज वह फिल्म इंडस्ट्री का जाना-माना कलाकार है।

एक दिन वह लड़की, उस कलाकार से ऑटोग्राफ माँगने आई तब उस गायक ने कहा, 'जो भी हुआ अच्छा हुआ वरना मैं आज वह नहीं बन पाता, जो मैं हूँ।'

ऐसे भी कई गायक हैं, जिनके गानों को लोग इसलिए पसंद करते हैं क्योंकि उन्हें उस गायक की आवाज़ में दर्द महसूस होता है। ऐसे गायक भी बहुत नाम कमाते हैं और उस वक्त के शुक्रगुज़ार होते हैं, जब दुनिया से उन्हें दर्द मिला था।

हमें भी यही करना है। भावनाओं के उठे दर्द को अपने गले में साध लेना है। सुंदर साधना करनी है। फिर आपके गले से ऐसे सुंदर सुर निकलेंगे कि आप खुद आश्चर्य करेंगे।

यहाँ पर ऐसा नहीं कहा जा रहा कि आपको गायक बनना है। सिर्फ इतना कहा जा रहा है कि गले से गीतों, शरीर से कर्मों को निकलने दें। ऐसे गीत गाएँ (कर्म करें) जो लोगों को छू जाएँ, लोगों का भला करें।

इस तरह भावनाओं के साथ होश (शिव) साधना करके अपने भावों को अमृत अनुभव बना दें।

– सरश्री

खण्ड १
# भावनाओं की समझ
भावनात्मक बुद्धिमत्ता बढ़े

# इमोशनल कोशंट (इ.क्यू.) का महत्त्व

## भावों के १८ स्थान

लोगों के लिए 'आय.क्यू.' का बड़ा ही महत्त्व होता है। जीवन में सफलता पानी हो तो आय.क्यू. अर्थात इंटेलिजन्स कोशंट यानी बुद्ध्यांक अच्छा होना चाहिए। लेकिन सही सफलता के लिए आय.क्यू. के साथ-साथ 'इ.क्यू.' का अर्थात इमोशनल कोशंट (भावनांक) का उचित साथ अति आवश्यक होता है।

लोग अपने बच्चों का आय.क्यू. टेस्ट करवाते हैं। उसे बढ़ाने के लिए काम करते हैं लेकिन क्या वह अपने तथा अपने बच्चों की इ.क्यू. बढ़ाने के लिए कुछ करते हैं?

क्षेत्र कोई भी हो, उसमें कार्य सफलता से करने के लिए भावनाएँ महत्वपूर्ण भूमिका निभाती हैं। क्रिडा क्षेत्र में देखें तो शारीरिक और बौद्धिक क्षमता का महत्त्व होता है लेकिन अंतरराष्ट्रीय स्तर के खिलाड़ियों को भी भावना नियंत्रण के लिए और भावनाओं को सही दिशा देने के लिए खास प्रशिक्षण दिया जाता है। क्योंकि यह देखा गया है कि जिनका इमोशन कोशंट अच्छा होता है, उनका इंटेलिजन्स कोशंट भी अच्छा होता है और वह ज़्यादा सफलता पाते हैं। बुद्धिमान लोग भी जब भावनाओं को नियंत्रित नहीं कर पाते तब सही निर्णय नहीं ले सकते और असफल हो जाते हैं।

इंसान चाहे शिक्षक हो, डॉक्टर हो, वैज्ञानिक हो या कलाकार लेकिन उसके कार्य में भावनाओं का हिस्सा बहुत बड़ा होता है। भावनाएँ अपना हिस्सा तभी अच्छे से निभाती हैं जब उन्हें सही तरीके से व्यक्त किया जाता है। लेकिन हमें बचपन से ही भावनाओं को दबाना सिखाया जाता है। खास कर पुरुषों को सिखाया जाता है कि पुरुष रोते नहीं हैं। पुरुष प्रेम को ज़्यादा व्यक्त नहीं करते। पुरुषों ने कठोर ही रहना चाहिए इत्यादि। पुरुषों ने घरेलू काम नहीं करने हैं। बच्चे जब घर में भी यह देखते हैं कि घर की औरतें रोती हैं और घर के पुरुष कठोरता से पेश आते हैं, तब अनजाने में उन पर भी वही संस्कार होते हैं।

अब हमें इन पुरानी बातों से ऊपर उठकर अपना इमोशनल कोशंट मज़बूत करना होगा ताकि हम सच्ची सफलता प्राप्त कर पाएँ।

इमोशनल कोशंट को बढ़ाने के लिए, आइए, पहले भावनाओं के बारे में जानकारी प्राप्त कर लें। देखें कि भावनाएँ हमारे शरीर में कहाँ-कहाँ पर रहती हैं।

**भावनाओं के स्थान**

हमारे शरीर में १८ स्थान हैं जहाँ पर हम अपनी भावनाओं को महसूस करते हैं। अलग-अलग भावनाओं के अलग-अलग स्थान होते हैं। क्रोध, व्याकुलता, एंज़ायटी यानी मानसिक थकान, खुशी, पछतावा, अपराध बोध, शर्म, उत्तेजना, वासना, डर, नफरत, ईर्ष्या, घृणा आदि को हम शरीर में कहाँ-कहाँ महसूस करते हैं, इसका प्रशिक्षण लेना, भावनाओं से मुक्ति पाने के लिए एक आवश्यक कदम है।

इस प्रशिक्षण में इंसान कुछ बातें स्वयं पर महसूस करने लगता है। उसे समझ में आने लगता है कि भावनाओं को कैसे देखना है ताकि इन भावनाओं में वह जकड़े नहीं बल्कि इन्हें मुक्त कर, इनसे मुक्ति पा सके। वरना लोग अज्ञानतावश भावनाओं को इस प्रकार देखते (दबाते) हैं कि वह मन में जमकर बैठ जाती हैं। वे इस तरह रिकॉर्ड हो जाती हैं कि उनकी गाँठें बन जाती हैं। जो इंसान की शारीरिक या मानसिक तकलीफ का कारण बनती है।

आइए, अब भावनाएँ महसूस होनेवाले स्थानों को समझते हैं। १८ स्थानों में पाँच मुख्य बिंदु आपके सीने पर हैं। जैसे उत्तर, दक्षिण, पूर्व, पश्चिम और केंद्र यानी मध्य बिंदु। कुछ भावनाएँ सीने पर ऊपर की ओर इतना ज़्यादा प्रभाव करती हैं कि लगता है दिल उछलकर ऊपर आ गया है। कुछ भावनाएँ सीने में नीचे की ओर महसूस होती हैं। कुछ बाएँ तो कुछ दाएँ यानी दिल के चारों ओर। अलग-अलग भावनाएँ सीने के इन पाँच स्थानों पर महसूस होती हैं।

दुःखद भावनाओं से मुलाकात कैसे करें 17

इसी तरह से पाँच स्थान नाभि के ऊपर, नीचे, दाएँ, बाएँ और मध्य बिंदू पर होते हैं। दो स्थान दो फेफड़ों के और दो स्थान कंधों पर होते हैं। इस तरह दिल के पाँच स्थान मिलाकर हो गए १४ स्थान। बचे हुए ४ स्थानों में से हाथ, पैर, पीठ और सिर होता है। हाथ-पैर सुन्न हो जाना या चक्कर आना आदि भावनाओं का ही शरीर पर प्रभाव है। अब जब भी आप पर भावनाओं का हमला हो तो देखें कि इन १८ स्थानों में से कहाँ और कैसा महसूस हो रहा है? यही कला आपको सीखनी है। यही १८ स्थान पहचानने हैं।

**डर** जैसी भावनाएँ **नाभि के ऊपर** यानी पेट में महसूस होती हैं। यही वजह है कि इंसान के पेट में डर के मारे या बुरी खबर सुनने पर गुड़गुड़ शुरू हो जाती है। कई लोगों को सीने के आस-पास भी कुछ भारीपन महसूस होता है। जिसे जाने-अनजाने में सभी महसूस करते हैं। यह भारीपन अस्वस्थ होने की तकलीफ से अलग होता है क्योंकि यह भावनाओं के कारण उत्पन्न होता है। कभी-कभी पूरे शरीर में ही भावना का असर महसूस होता है। हमें इसे पहले पिघलाना है और फिर विसर्जित करना है। ऐसा करते समय इस बात का अवश्य ध्यान रहे कि कोई भी भावना हो उसे पिघलने में कुछ समय लगता ही है। हमें बस किसी भी भावना को न ही टोकना है और न ही उसे जमा करना है। कभी-कभी हम देखते हैं कि भारीपन लगने का स्थान बदल रहा है तो कभी वह एक ही जगह पर बना हुआ है।

– भावनाओं के स्थान

चाहे दुःख की या सुख की भावनाएँ जब बढ़ जाती हैं, तब आँसू बाहर आते हैं। **आँखें हृदय की बालकनी हैं**। आँसू

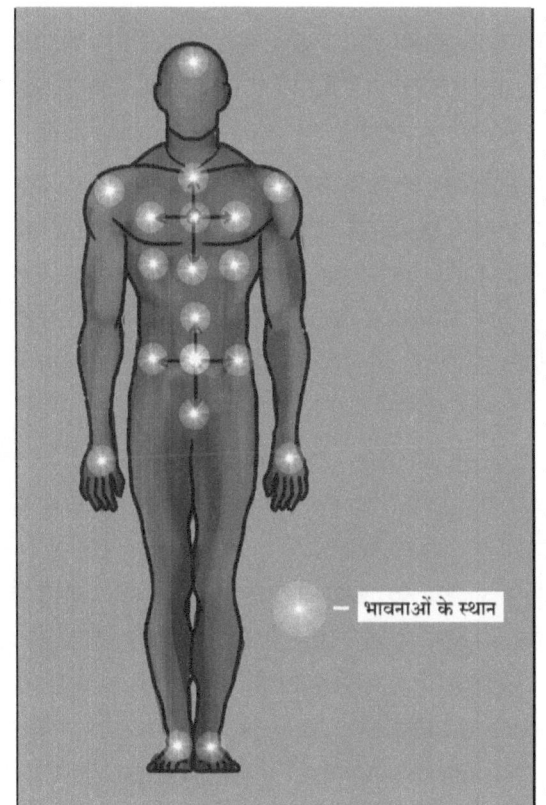

बाहर आकर लोगों को भी दिखाई देते हैं। जो कुछ अंदर था वह बाहर दिखने लगता है। साँस तेज़ हो जाती है यानी नाक की बालकनी से ज़ोर-ज़ोर से साँस चलने लगती है, घबराहट महसूस होती है। तब जान लें कि भावनाओं का सीजन चल रहा है अर्थात भावनाओं का हमला हुआ है। ऐसे में लंबी-लंबी साँस लेकर सही समझ के साथ भावनाओं का दर्शन करें।

अकसर **मोह नाभि के थोड़ा ऊपर** महसूस होगा, प्रेम उस स्थान से अधिक ऊपर महसूस होगा लेकिन **वासना तथा उत्तेजना नाभि के नीचे** महसूस होगी।

**शर्म** भी एक प्रकार की भावना ही है, जो **पूरे शरीर में** महसूस होती है। लेकिन शर्म दो प्रकार की होती है। एक लाल शर्म और एक काली शर्म। जब कोई नई-नवेली दुल्हन होती है तो वह शर्म से लाल हो जाती है, जैसे कोई बच्चा मेहमानों के सामने जाने से शर्माता है तो ये सब लाल शर्म है। लाल शर्म असुखद लगती है लेकिन दुःख नहीं देती।

जब अपराध बोध की भावना हो या हमारी कोई बात अगर लोगों को पता चली तो 'लोग क्या सोचेंगे' की भावना काली शर्म है, जो दुःख देती है। फाइन लाइन वही है, जब दोनों लाल और काली शर्म में भेद पता चल सके।

कभी-कभी हम दो भावनाओं में अंतर ही नहीं समझ पाते हैं। जब ये अंतर यानी भेद समझ लिया जाए तब समझिए कि फाइन लाइन आ गई है। कई बार इंसान किसी भावना को जो समझ बैठता है, वास्तव में वह वैसी नहीं होती है बल्कि कुछ और होती है। उदाहरण के तौर पर जिसे प्रेम समझा जाता है वह अकसर आसक्ति होती है, मात्र मोह होता है। फाइन लाइन इसी मोह और प्रेम के बीच में है। मोह और प्रेम में अंतर समझने के लिए भावना का प्रभाव कहाँ हो रहा है, यह देखें।

महाभारत युद्ध के दौरान अर्जुन को जिन भावनाओं का सामना करना पड़ा, उसने जो कुछ महसूस किया वही भगवद्गीता के १८ अध्याय बने। इन अध्यायों में अर्जुन के माध्यम से सभी भावनाओं का साक्षात्कार करवाया गया है। हम सभी अर्जुन की भाँति हैं। हम सभी भावनाएँ (९ नकारात्मक और ९ सकारात्मक) महसूस करते हैं क्योंकि भावनाएँ केवल नकारात्मक ही होती हैं, ऐसा नहीं है। सीने में जिस जगह खुशी का अनुभव होता है, उसी जगह दुःख का भी अनुभव होता है। ये आश्चर्य की बात है। जब आपको इन आश्चर्यों को देखने की कला आ जाएगी तब आप अच्छी और बुरी भावनाओं में अंतर समझ पाएँगे। फिर आप बिना भावनाओं में बहे, बिना उन्हें दबाएँ उन भावनाओं से मुक्त हो पाएँगे। इन भावनाओं के रहते हुए भी आप बिना डगमगाए सही

निर्णय ले पाएँगे।

      सही समय पर सही निर्णय लेना ही मुख्य बात है। वरना भावनाओं में बहकर लोग कभी भी सही निर्णय नहीं ले पाते हैं। वे खुद से पूछ ही नहीं पाते हैं कि जो भावनाएँ मन में उमड़ रही हैं वे छोटी-मोटी हैं या खोटी-मोटी, कितनी सच्ची हैं और कितनी झूठी? निर्णय तभी सही होते हैं, जब वे भावनाओं की तरफदारी किए बगैर लिए जाते हैं। इसे ही भावनात्मक परिपक्वता (मैच्युरिटी) कहा गया है।

      **सिर्फ उम्र से बड़ा होना परिपक्वता नहीं है, भावनाओं से प्रभावित हुए बिना उनसे गुज़रकर, उन्हें सही रूप में देखने की कला सीखकर ही इंसान भावनात्मक रूप से परिपक्व बनता है।**

      अतः जो कुछ भी हो रहा है, उसे महसूस करने की, उसे सजगतापूर्वक देखने की कला सीखें। ९ सकारात्मक और ९ नकारात्मक भावनाओं को तथा उनके स्थानों को देखना सीखें। ध्यान के प्रशिक्षण द्वारा भावनाओं को समझना और भी आसान होता जाएगा।

      भावनाओं की पहचान पाने के लिए, बचपन की भावनाओं से जुड़ी मान्यताओं को भी समझें।

# बचपन की भावनाओं से जुड़ी मान्यताएँ

## बच्चों को मिले सही समझ

रोना... कभी नहीं रोना। चाहे टूट जाए कोई खिलौना...
सोना, चुपके से सोना... चाहे टूट जाए सपना सलोना...।

बच्चों को हम यही तो सिखाते हैं। वास्तव में भावनाओं को दबाया जाता है, तब वे कभी न कभी हिंसात्मक रूप में व्यक्त हो जाती हैं। कोई बच्चा अगर रो रहा हो और उसे समझाकर शांत करने के बजाय डाँटकर चुप कराया जाता हो तो वह अपनी दबी हुई भावनाओं को अपने खिलौनों को तोड़-फोड़कर व्यक्त करता है। क्योंकि खिलौने उसके अपने होते हैं। उन पर वह गुस्सा निकाल सकता है मगर कई बार उसे इसकी भी इजाज़त नहीं होती। बड़ा होने पर उसका स्वभाव आक्रमक हो जाता है और वह अपनों पर गुस्सा निकालने लगता है या फिर हमेशा सहमा-सहमा सा रहता है। बड़ा होने पर भी डर-डर के जीता है। उसमें आत्मविश्वास नहीं रहता।

माँ-बाप अगर समझदार हों तो वे समझ जाते हैं कि बच्चा अगर तोड़-फोड़ कर रहा है यानी वह अपने गुस्से के भाव को व्यक्त कर रहा है।

अगर माता-पिता नासमझ हों तो वे बच्चे को पीटना शुरू कर देते हैं। अगर

माँ-बाप खुद भावनाओं का महत्त्व जानते हों, उन्हें नियंत्रित करना और सही दिशा देना जानते हों तो वे अपने बच्चे का इ.क्यू. (इमोशनल कोशंट) अच्छा करने में उसकी सहायता कर सकते हैं। जब वह रोने लगता है तब वे जान जाते हैं कि वह अपनी भावनाओं को मुक्त कर रहा है। वे उसके रोने को गलत नहीं समझेंगे। उसे पास बिठाएँगे, गले लगाएँगे।

बच्चा तो अपनी भावना को शब्दों में नहीं समझा सकेगा लेकिन माँ-बाप समझदार होंगे तो अलग-अलग सवाल पूछकर बच्चे की भावों को जान लेंगे। जैसे ''क्या तुम्हें किसी से डर लग रहा है? किसी पर गुस्सा आ रहा है? किसी ने तुम्हें दुःख दिया है?'' ऐसे सवालों को सुनकर ही बच्चा अलग-अलग भावनाओं को समझने लगेगा और उन्हें पहचानना सीखेगा। साथ ही वह अपनी भावनाओं को सही दिशा भी दे पाएगा।

बच्चा कोई भी गलती करके घर आता है तो उसे सीधे डाँटने के बजाय- उसने ऐसा क्यों किया, यह जान लेना चाहिए और उसका सही मार्गदर्शन करना चाहिए। फिर ऐसा बच्चा बड़ा होकर भावनाओं का संतुलन साधकर अपने कार्यक्षेत्र में सफलता पा सकता है।

कई बार ऐसा होता है कि बच्चे की परेशानी सुलझाने के लिए उसे जानने के चक्कर में माँ-बाप बच्चे की परेशानी बढ़ा देते हैं। बच्चा जब पालने में होता है और रोने लगता है तब उसे झुनझुना दिखाकर उसका मनोरंजन किया जाता है। कुछ देर तो बच्चा उस झुनझुने से खुश होता है लेकिन फिर से रोने लगता है। तब वे उसे गोद में उठाकर उससे तरह-तरह की बातें करते रहते हैं। वह और भी ज़ोर से चिल्ला-चिल्लाकर रोने लगता है। माता-पिता को समझ में नहीं आता कि अब क्या किया जाए। असल में उस समय बच्चे को केवल गोद में लेकर सहलाने की ज़रूरत होती है। उससे कोई बात करने की ज़रूरत नहीं होती। उस समय बच्चे को थोड़ी सी गैप की ज़रूरत होती है। वह हमारा आधार तो चाहता है लेकिन उसे थोड़ी शांति की ज़रूरत होती है। बच्चा पालने में हो या स्कूल-कॉलेज में लेकिन ऐसे समय पर उसे सिर्फ जताएँ कि **'चाहे दुनिया इधर की उधर हो जाए तो भी हम आपके साथ हैं।'** फिर उसे जो शांति, जो गैप चाहिए, वह उसे दे दें।

बच्चों को हम ऑर्डर तो हमेशा ही देते हैं लेकिन उनका आदर करना भी सीखें। यही बात हमें हम सबके मन में बसनेवाले बच्चे के लिए भी करनी है।

घर में यदि एक भी सदस्य भावनात्मक रूप से परिपक्व हो तो घर के बच्चे उससे संवाद साधने का सही तरीका सीख सकते हैं। वरना जिन बच्चों को पीट-पीटकर बड़ा किया जाता है, वे बड़े होने पर मार-पीट में ही विश्वास करते हैं। ऐसे बच्चे बड़े होने

पर एक तो अपनी भावना को दबाते रहते हैं या फिर उन्हें विध्वंसक तरीके से बरसाते रहते हैं। भावनाओं में संतुलन रखना, वे नहीं जान सकते।

इसके विपरीत जिन बच्चों को उचित समय देकर बड़ा किया जाता है, वे बड़े होकर भावनाओं को नियंत्रित करनेवाले, प्रेम का टीका लगानेवाले समझदार नागरिक बन सकते हैं और उच्चतम विकसित समाज का हिस्सा बन सकते हैं।

वे याद करते हैं कि बचपन में मैं कितना रोया, चीखा-चिल्लाया, जिद्द की लेकिन मेरे माँ-बाप सदा मेरे साथ रहे। उनके प्रेम में कभी कमी नहीं आई। ऐसे बच्चे प्रेम पर विश्वास करने लगते हैं। जो भी स्थिति हो, उसे प्रेम से सुलझाने की कोशिश करते हैं। जिस बच्चे को बचपन में माँ-बाप का भरपूर साथ मिला हो, उसे कभी असुरक्षा की भावना नहीं सताती। वह कुछ खोने का डर ही खो देता है। इसलिए किसी से कुछ छीनने की गलती नहीं करता और द्वेष से मुक्त रहता है। आत्मनिर्भर होकर ऐसा बच्चा बड़ा होकर अपने मित्रों के साथ, सहकर्मियों के साथ, परिवार के साथ प्रेम से ही व्यवहार करता है। प्रेम का प्रचार-प्रसार करते रहता है।

हम चाहते हैं कि बच्चे माँ-बाप को भगवान का ओहदा दें। लेकिन पहले माँ-बाप अपने बच्चे के अच्छे सच्चे साथी बनने की कोशिश तो करें। ऐसा साथी जिस पर बच्चे को गर्व हो और वैसा ही साथ वह उसके बच्चे को देने के लिए तैयार हो। अगर आप इस तरीके से अपने बच्चे को तैयार कर सके तो उसके लिए इससे बड़ा धन और क्या होगा।

बच्चे भविष्य हैं इसलिए सबसे पहले हमारी ज़िम्मेदारी यह है कि हम अपने बच्चों को भावनाओं का ज्ञान दें। बच्चों को यह समझ दें कि भावनाओं को व्यक्त करने के कई तरीके हैं। जब बच्चे हमें भावनाओं को सही तरीके से व्यक्त करते हुए देखेंगे तो वे भी हमसे सीखेंगे। इसलिए आइए, प्रण लें कि हम अपनी भावनाओं को उच्चतम तरीके से व्यक्त करना सीखेंगे।

# बचपन में भावनाओं का प्रहार

## स्वयं और दूसरों को समझने का तरीका

मान लीजिए कि एक छोटी सी बच्ची अपनी माँ के साथ कार से जा रही है, तभी उनका एक्सीडेंट हो जाता है। चूँकि बच्ची ने सीट बेल्ट बाँध रखी थी इसलिए उसे चोट नहीं आई लेकिन माँ को कई फैक्चर हुए। यह एक दृश्य है। बीच रास्ते में एक एक्सीडेंट हुआ है, चारों ओर कई लोग जमा हो गए हैं, एम्बुलेंस आती है और घायल माँ को लेकर चली जाती है। बच्ची को कोई चोट न आने की वजह से उसे माँ से अलग रखा जाता है। वह दूर से देखती है कि माँ को एम्बुलेंस में ले जाया गया है। इसके बाद बच्ची को घर लाया जाता है। चूँकि माँ अस्पताल में इलाज करवा रही है इसलिए कई दिनों तक बच्ची उसे घर में देख नहीं पाती।

काफी दिनों बाद जब माँ कुछ हद तक ठीक होती है तो अस्पताल से घर वापस आती है। चूँकि अभी वह बहुत कमज़ोर है इसलिए घर आने के बाद भी वह बच्ची को गोद में नहीं उठा पाती। छोटी बच्ची यह सब देख रही है। धीरे-धीरे उसके अंदर ये सारे बदलाव जमा होने लगते हैं। वह बच्ची पहली बार इतने दिनों तक अपनी माँ से दूर रही। बचपन में हर चीज़ कभी न कभी पहली बार होती ही है। जैसे बचपन में सड़क पार करते वक्त जब पहली बार किसी को ठोकर लगती है तो वह घटना उसके अंदर बैठ जाती

है। फिर जब भी वह सड़क पार करता है तो अंदर से ठोकर लगने की फीलिंग आती है और वह अचानक सतर्क हो जाता है। बच्ची के साथ भी कुछ ऐसा ही हुआ। उसने देखा कि 'अचानक कुछ हुआ और माँ मुझे छोड़कर चली गई और कई दिनों तक वापस नहीं आई, मैं माँ के बिना रही। फिर जब माँ वापस आई तो बहुत बदली-बदली सी थी और उसने कई दिनों तक मुझे गोद में तक नहीं उठाया।' ये सारी बातें उसके अंदर गहराई से बैठ जाती हैं। अब वह जब भी किसी को दूर जाते हुए देखती है तो उसके अंदर वही फीलिंग उठती है, जो माँ के जाने के कारण पहली बार उठी थी।

फिर यह बच्ची बड़ी होती है, शादी करती है, उसके बच्चे होते हैं। अब उसके बच्चे जब भी कहीं दूर जाते हैं तो उस बच्ची को, जो अब माँ बन चुकी है, वैसी ही फीलिंग होती है और बहुत बुरा महसूस होता है। इसी तरह उसका कोई दोस्त उससे मिलने के बाद वापस जाते वक्त बाय-बाय करता है तो उसे बुरी भावना सताती है। कुछ सालों बाद बच्चे बड़े हो जाते हैं और करियर बनाने के लिए घर छोड़कर दूसरे शहर में बसने जाते हैं, तब भी उसे बुरा लगता है। बचपन में हुई उस घटना का अनुभव जीवनभर उसके साथ चलता है। जब भी वह किसी को जाते हुए देखती है तो उसे लगता है कि वह हमेशा के लिए जा रहा है, अब वापस कभी नहीं आएगा। यानी यह डर उसके अंदर दबा हुआ है। क्योंकि जब बचपन में उसके साथ वह घटना घटी तो वह उसके लिए तैयार नहीं थी। एक घटना का फल आया और उस फल से उसके अंदर कुछ जमा हो गया। ऐसा नहीं है कि यह सब सिर्फ कर्म से जमा होता है, कभी-कभी कर्म का फल आता है और उस फल से हमेशा के लिए कुछ न कुछ अंदर जमा हो जाता है। फिर उसे देखकर कुछ और कर्म होता है और फिर उसका फल आता है। यह कभी न खत्म होनेवाला चक्र चलता ही रहता है। उस बच्ची के जीवन में भी यही चक्र चल रहा है। तभी तो वह बड़ी होकर खुद माँ बनने के बाद भी अपने बचपन के उस डर, उस दुःख से अब भी उभर नहीं पाई और वह सब उसके साथ अभी तक चल रहा है।

यह सिर्फ एक बच्ची के जीवन में घटी घटना का उदाहरण है। हर बच्चे के जीवन में ऐसी न जाने कितनी घटनाएँ होती हैं, जिनके कारण वह अपने अंदर बहुत कुछ दबाता चला जाता है। कभी स्कूल में, कभी घर में, कभी बाज़ार में, कभी परिवारवालों के साथ तो कभी दोस्तों के साथ।

### बचपन की प्रोग्रामिंग

हर इंसान का बचपन अलग रहा है, उसके अनुभव भी भिन्न रहे हैं। इन्हीं

अनुभवों के आधार पर एक इंसान का व्यक्तित्व बनता है। यह एक मुख्य कारण है कि हर इंसान दूसरे से अलग है।

ईश्वर की बनाई इस सृष्टि में हर ओर भिन्नता ही भिन्नता है। एक ही पौधे पर लगे दो फूल कभी बिलकुल एक जैसे नहीं होते, पेड़ पर लगे दो फल बिलकुल एक समान नहीं होते, अनगिनत लोगों की भीड़ में भी कोई दो इंसान भी एक समान नहीं होते। ये भिन्नताएँ शारीरिक तो होती ही हैं लेकिन मानसिक और भावनात्मक भी होती हैं। जी हाँ, तभी तो एक ही समय पर घटी घटना पर हर व्यक्ति की प्रतिक्रिया अलग-अलग होती है। जानते हैं क्यों? क्योंकि हर व्यक्ति की भावनात्मक बुद्धिमत्ता अलग-अलग होती है।

सभी भिन्नताओं के बाद भी स्वभाव के आधार पर मुख्य रूप से मानव को तीन श्रेणियों में बाँटा जा सकता है। पहली श्रेणी में वे लोग आते हैं, जो हर घटना को पहले मन में चित्रित करते हैं, फिर उसे देखते हैं। उन्हें नयन नाम दिया गया है क्योंकि वे देखी हुई चीज़ों को बेहतर तरीके से आत्मसात कर सकते हैं। दूसरी श्रेणी में वे लोग आते हैं, जो शब्दों में सोचते हैं यानी घटना को सुनकर वे पहले आत्मसात करते हैं और फिर मन की आवाज़ सुनते हैं। इन्हें श्रीकांत नाम दिया गया है। तीसरी श्रेणी में वे लोग आते हैं, जो हर बात को भावों में सोचते और समझते हैं। ये केवल भावनाओं की बात ही सुनते हैं, इन्हें भावेश कहा गया है।

तो क्या सभी केवल नयन, श्रीकांत या भावेश ही होते हैं? नहीं, लोग इन सबका मिश्र रूप भी होते हैं। कोई नयन और श्रीकांत, कोई नयन और भावेश, कोई भावेश और श्रीकांत, बस सबका अनुपात कम ज़्यादा होता है लेकिन जो पूर्णतया भावेश होते हैं, वे भावों में ही बहते रहते हैं।

आप चाहे श्रीकांत, नयन या भावेश हों। सभी के लिए भावनाओं को समझना आवश्यक है ताकि आप अपने साथ-साथ दूसरों को भी समझ पाएँ और उनके भावनाओं की कद्र कर पाएँ।

बचपन में कई अलग-अलग घटनाएँ होती हैं, जिनका मन पर गहरा असर होता है। कई बार ऐसा होता है कि दोस्त किसी बात पर एक बच्चे का मज़ाक उड़ाते हैं या किसी तरीके से टॉर्चर करते हैं तो वह सब भी उसके अंदर रिकॉर्ड होता जाता हैं। फिर वह जीवनभर उसी के अनुसार अनुभव करता है। इस बात को एक उदाहरण द्वारा समझें।

एक महिला ने अचानक कोई संगीत सुना और वह स्वयं को मायूस महसूस करने लगी। उसे आश्चर्य हुआ कि 'अभी कुछ देर पहले तो मैं बिलकुल ठीक थी। अचानक ऐसा क्या हुआ कि मुझे मायूसी ने घेर लिया।'

उसने जाना कि वह जब भी एक तरह का संगीत सुनती है तो वह मायूस हो जाती है। अब वह डरने लगी कि कहीं यह संगीत फिर सुनाई न दे जाए। इस समस्या को सुलझाने के लिए वह एक मनोवैज्ञानिक के पास गई।

उस महिला की समस्या का इलाज करने के दौरान यह खुलासा हुआ कि बचपन में ही उसकी माँ की मृत्यु हो गई थी। जब उसकी माँ को दफनाया जा रहा था तब पास ही में कहीं पर वह संगीत बज रहा था। इस तरह उस महिला के मन में उस संगीत के साथ मायूसी की प्रोग्रामिंग हो गई। इसलिए जब भी वह संगीत सुनाई देता था तो वह मायूस महसूस करती थी।

उपरोक्त उदाहरण एक हकीकत है। इस उदाहरण से समझें कि ऐसी कई बातें हमारे साथ बचपन में होती हैं, जिन्हें हमारा मन पकड़कर बैठ जाता है। उसे यह समझ नहीं होती कि बड़े होने के बाद इन बातों की कोई आवश्यकता नहीं है। बचपन में इंसान के पास उतनी समझ नहीं होती, जितनी बड़े होने के बाद होती है। जैसे आज अगर आप अपने बचपन की घटनाओं पर नज़र डालें तो उन्हें आप आज की समझ और आज की दृष्टि से देखेंगे लेकिन बचपन में ऐसा संभव नहीं था।

अब बड़े होने के साथ हमें अपने मन की प्रोग्रामिंग बदलनी चाहिए। इसके लिए हमें ऐसी हर दुःखद भावना के साथ, खुशी की भावना को जोड़ना सीखना है। जैसे ही खुशी की भावना के बीज फलित होंगे, वैसे ही आप मन की पुरानी प्रोग्रामिंग के असर से मुक्त होते जाएँगे।

# रोना अच्छा है

## प्रेम का टीका लगाएँ

यदि पूछा जाए कि 'क्या आप इमोशनल हैं?' कुछ लोग कहेंगे, 'हाँ', कुछ कहेंगे, 'नहीं'। कई लोग इस सवाल का जवाब केवल यह सोचकर देते हैं कि 'मैं ज़्यादा रोता हूँ या नहीं।' जबकि भावनाओं का ताल्लुक रोने से नहीं है।

लोग अकसर भावनाओं को आँसुओं से जोड़ते हैं। जबकि भाव केवल आँसुओं से बयान नहीं होते। उन्हें बयान करने के कई तरीके होते हैं।

भावनाएँ हमारे रोज़मर्रा के जीवन का हिस्सा हैं, जिसके बारे में इंसान बहुत कम जानकारी रखता है। यदि भावनाओं को समझा जाए और उन्हें बाहर निकालने के सही तरीके मालूम पड़ जाएँ तो हमारा जीवन सरल, सहज और सुखद हो सकता है।

लोगों को लगता है कि जो रोते हैं केवल उनमें भावनाएँ होती हैं। मगर ऐसा नहीं है, हर इंसान में भावनाएँ होती हैं। रोना केवल एक तरीका है भावनाओं को रिलीज़ करने का। कुछ लोग भावों को रोकर प्रकट करते हैं तो कुछ गुस्सा करके। कुछ उन्हें दबा देते हैं और बीमार होते रहते हैं। हमारा शारीरिक स्वास्थ्य भी काफी हद तक इमोशन्स पर निर्भर करता है।

इंसान को भावनाओं को रिलीज़ करने के केवल कुछ ही तरीके पता है, जो

केवल अस्थायी राहत प्रदान करते हैं।

कई बार कुछ समस्या आने पर हम निराश होते हैं। कभी-कभी तो सब कुछ होते हुए भी हम निराशा महसूस करते हैं। फिर हम अपने आपको रिझाने के लिए कुछ न कुछ करते रहते हैं। कुछ ऐसी बातें करते हैं कि मन का रंजन करने के नाम पर खुद ही अपने मन को छलते रहते हैं। लेकिन ऐसे समय पर हमें अपने आपको थोड़ा समय देने की ज़रूरत होती है। एक पॉज लेने की ज़रूरत होती है। कुछ क्षण विराम देने की ज़रूरत होती है।

किसी से बात करते हुए अगर आप वाक्यों के बीच में एक भी पॉज नहीं देंगे तो आपकी बात समझना कठिन होगा। जैसे अगर आप लिखते समय एक भी गॅप दिए बिना सारे शब्द लिखते रहेंगे तो उसे पढ़ना और समझना कठिन होगा।

उसी प्रकार हमें अपने लिए भी पॉज और गॅप की ज़रूरत होती है। अपने आपके साथ बातें करने की, अपने आपको समझ लेने की, अपना आधार खुद बनने की ज़रूरत होती है। चाहे जो भी समस्या आए, जो भी परिस्थिति हो लेकिन हमें अपने आपका साथ नहीं छोड़ना है। अगर रोना आता है तो अपने आपको रोकना नहीं है। वह केवल एक तरीका है भावनाओं को व्यक्त करने का, मुक्त करने का। इसलिए रोने के बारे में गलत अनुमान न लगाएँ, अपने लिए भी और औरों के भी। बच्चे का रोना उसकी कम्युनिकेशन का तरीका है, उसे समझें।

**दाग अच्छे हैं... अगर कच्चे हैं**

रोना तो हमने समझ लिया। अब धोना भी समझ लें। दाग धोना यानी कि साधना के साथ एक-दूसरे में उलझी हुई भावनाओं की गाँठें सुलझाना और भावनाओं को सही तरीके से व्यक्त न करने के कारण मन पर और अपने व्यक्तित्व पर जो दाग आए हैं, उन्हें साफ करना। लेकिन भावनाओं की गाँठें क्यों बनती हैं? भावनाओं में उलझन क्यों पैदा होती है? यह भी समझें।

भावनाएँ उलझने का सबसे बड़ा कारण है 'नकारात्मकता' का अचेतन मन में दबे रहना। कहीं पर कोई दुर्घटना की खबर सुनते हैं, किसी की बीमारी के बारे में सुनते हैं तो मन में अनेकों नकारात्मक विचार आते रहते हैं। जब कभी हमें किसी क्षेत्र में खुद को सिद्ध करने की बारी आती है तो तनाव के कारण मन में डर पैदा होता है। जो ओहदा या जो चीज़ हम अपने लिए चाहते हैं, वह किसी दूसरे ने पा ली तो मन में दुःख और ईर्ष्या जाग उठती है। उसे पूर्ण करने के लिए मन में लालच भी आ जाती है। इस प्रकार मन में अनेकों विचार आते हैं और उन विचारों के साथ अनेकों भावनाएँ भी घुस आती

हैं। एक भावना से दूसरी भावना जन्म लेती है और मन में मानो भावनाओं का मेला लग जाता है। वे एक-दूसरे में उलझने लगती हैं और ज़ाहिर न करने पर अंतर्मन में दबने लगती हैं। इन भावनाओं की गाँठों को खोलना हो तो आपको स्वयं को खुला रखना होगा। खुद को खुला करने के लिए खुलकर साँस लेनी होगी।

आपने कभी महसूस किया है कि जब भी कोई भावना तीव्र हो जाती है तब हमारी साँस की गति बदल जाती है। हमारी मानसिकता का हमारी साँसों से गहरा संबंध होता है। इसलिए जब भी आप पर कोई तीव्र भावना हावी हो रही हो तो पहले अपने साँस की तरफ ध्यान दें। खुलकर साँस लेना शुरू करें। देखें, आप जल्द ही भावनाओं की तीव्रता कम होती महसूस करेंगे।

कई बार ऐसा होता है कि कोई दु:खभरी या धक्का देनेवाली बात सुनते ही हमारी साँस रुक जाती है। कोई धमाकेदार घटना हम साँस रोककर देखते हैं। वास्तव में साँस तो शरीर में प्राण भरने का काम करती है, शरीर और मन को ऊर्जा देती है। जब हम साँस रोकते हैं तब शरीर और मन दोनों ही सिकुड़ जाते हैं। इसलिए हमेशा अपनी साँस पर ध्यान देना चाहिए और खुलकर साँस लेनी चाहिए। खुली हुई साँस मन को भी खोल देती है।

खुला हुआ मन घटनाओं को स्वीकार करने के लिए तैयार होता है। वह मान जाता है कि जो हो गया है, हो रहा है वह कायम नहीं है। वह हटनेवाला है, निकल जानेवाला है। बादल छाते हैं और निकल भी जाते हैं। कोई भी स्थिति कायम नहीं रहती। उसमें बदलाव होते रहता है और खुला हुआ मन ऐसे बदलाव को सहजता से स्वीकार करने के लिए तैयार रहता है। मन प्रवाहित रहता है और ऐसे प्रवाहित मन में किसी भी भावना के दाग नहीं रहते। ऐसा मन हमेशा धुला हुआ, साफ रहता है।

बच्चों को हम सफाई का महत्त्व सिखाते हैं। खाने से पहले हाथ धोएँ, रोज़ नहाएँ, नाखून साफ करें, दाँत साफ करें...। इसके साथ अगर हम उन्हें मन को भी साफ करने का प्रशिक्षण दें तो? तो वे कभी भी भावनाओं में उलझकर अपना नुकसान नहीं करेंगे।

वास्तव में भावना ही इंसान की पहचान है। वह एक आम प्राकृतिक बात है। इंसान है तो भावना होगी ही। इंसान के अनेकों कार्यों के पीछे मुख्य कारण भावनाएँ ही होती हैं। वे इंसान के उन्नति का कारण बन सकती हैं। लेकिन अगर वह अपनी भावनाओं को नियंत्रित नहीं कर पा रहा हो, भावनाएँ उस पर हावी होने लगें, उसे उसके लक्ष्य से दूर ले जाने लगें तो यह ठीक नहीं है।

अगर क्रिकेट के मैदान में उतरनेवाला क्रिकेटर इस भावना से खेले कि 'मुझे मेरे देश के लिए जीत हासिल करनी है', तो ठीक है। लेकिन अगर दूसरी टीम के खिलाड़ी ने उसे कोई बुरी बात कही, गाली दी और उसके कारण उस क्रिकेटर को गुस्सा आया तो उसका खेल बिगड़ सकता है। ऐसे में उसने, उसके लिए बोले गए बुरे शब्दों को और अपने गुस्से को अनदेखा करना होगा और केवल देश के लिए कर्म करने के साहस (भावना) पर ही ध्यान देना होगा।

**प्रेम का टीका**

आपको भावनाओं के बहाव में बहना नहीं है। मानो भावनाएँ हमारे शरीर का ही एक हिस्सा हैं। फिर भी हमें उन्हें शरीर के साथ नहीं जोड़ना है। थकावट आ जाती है तो लोगों को लगता है कि चेतना कम हो गई। वास्तव में शरीर की थकावट का चेतना से कोई संबंध नहीं है। शरीर कितना भी थका हो, बीमार हो लेकिन उसकी चेतना का स्तर ऊँचा हो सकता है। चेतना का स्तर कम होता है तो वह अज्ञान के कारण। शरीर कितना भी स्फूर्तिला, स्वस्थ क्यों न हो लेकिन वह अज्ञानी हो तो उसकी चेतना का स्तर कम होता है।

हमें शरीर और भावना इन दोनों को अलग दृष्टिकोण से देखना है। उनकी तरफ साक्षी भाव से देखना है। भावनाओं से दूर रहकर उनका अवलोकन करना है। उन्हें परखना है, जाँचना है और फिर तय करना है कि उनमें से किसे अपने साथ रहने देना है और किसे निकाल बाहर करना है। वरना यह अनचाही दमित भावनाएँ मन में विकार पैदा करके मन को अस्वस्थ कर देती हैं। मन को खरोंच-खरोंचकर लकीरें बना देती हैं। ऐसा विकारी अस्वस्थ मन शरीर को विकास की ओर नहीं ले जा सकता। यही सीख हमें अपने बच्चों को भी देनी है। बच्चे को स्वस्थ रखने के लिए हम उसे काफी सारे टीके लगवाते हैं। उन टीकों के साथ उसे एक प्रेम का टीका भी लगवाएँ।

आजकल अनेकों बीमारियों से बचने के लिए अलग-अलग टीके लगवाए जाते हैं। तो भावनाओं से निर्माण होनेवाले विकारों को हटाने के लिए हमें सदा अपने पास एक खास टीका रखना होगा... प्रेम का टीका। प्रेम एक ऐसा मरहम है जो सभी लकीरों को भरकर मन को फिर से साफ कर देता है। नवीनता के स्वीकार के लिए सज्ज करता है। इसलिए मन में प्रेम को जगाना है। यही क्रांति है। प्रेम भावना का आवाहन करने की क्रांति, समझदारी की क्रांति।

**बरसात हो प्रेम की**

बरसात जब ठीक तरह से होती है तब वह जीवन के निर्माण का निमित्त बनती

है। बरसात की बूँदें तपती धरा को शांत करके उसमें गिरे बीजों को अंकुरित करती हैं, सृष्टि को समृद्ध करती हैं। लेकिन वही बरसात अगर अकाल हो, ज़रूरत से अधिक या कम हो तो सृष्टि के विध्वंस का कारण बनती है। भावनाओं की भी यही बात होती है।

कई बार हम गुस्से में किसी पर बरस पड़ते हैं। मन की भड़ास निकाल देते हैं। हमें लगता है कि भड़ास निकालने से हम शांत हो जाएँगे। लेकिन जिस पर हम बरस पड़ते हैं उसका क्या? वास्तव में दूसरों पर अपना गुस्सा उतारते हुए हम उसे तो खरोंचते ही हैं लेकिन अपने आपको भी खरोंच लेते हैं। दोनों के मन में लकीरें आ जाती हैं। दोनों ही कर्मबंधन में बँध जाते हैं। ऐसे में अगर दोनों में से एक भी समझदार हो तो कर्मबंधन का तनाव कम हो सकता है। समझदार इंसान तो इस तरह से अपना गुस्सा किसी पर बरसाएगा नहीं। वह अपने गुस्से की भावना को वहीं पर रफा-दफा कर देगा। कर्मबंधन होने ही नहीं देगा। लेकिन जिस पर गुस्सा बरसाया जा रहा है, वह इंसान (माँ-बाप, भाई-बहन या मित्र) समझदार होगा तो वह गुस्सेवाले की भावना को समझ लेगा। उसे तुरंत क्षमा कर देगा और खुद को कर्मबंधन से बचाएगा।

इसलिए हर घर में कम से कम एक इंसान समझदार हो, जो घर में होनेवाली भावनाओं की बरसात को सही दिशा दे सके। बच्चा अगर ज़ोर से रो रहा है, चिल्ला रहा है तो गुस्से में आकर उसे तुरंत चुप कराने के बजाय थोड़ा सा रुकें और बच्चे को खुद शांत होने का समय दें। उसे गले लगाते रहें। घर का कोई सदस्य गुस्सा हो गया हो तो उसे उसकी गुस्से की भावना को मुक्त करने का समय दें। अगर वह गुस्सा बरसा रहा हो तो प्रेम की छत्री खोलकर बैठें। सबके साथ अच्छे और शांतिपूर्ण तरीके से बातचीत करें, संवाद करें।

ऐसा करने से ही घर में शांति को स्थापित करना संभव होगा।

# आप बड़े हो चुके हैं

## असुरक्षा की भावना से मुक्ति

आप जानते हैं कि हाथी के बच्चे के पैर में ज़ंजीर बाँध दी जाती है। बचपन में कम शक्ति होने के कारण वह उसे तोड़ नहीं पाता, हालाँकि कोशिश तो बहुत करता है लेकिन फिर भी तोड़ नहीं पाता। बाद में वह हाथी का बच्चा बड़ा होता है लेकिन फिर भी वह ज़ंजीर नहीं तोड़ता क्योंकि बचपन में कोशिश करके भी वह ज़ंजीर को तोड़ नहीं पाया इसलिए फिर वह जीवनभर दोबारा कभी उसे तोड़ने की कोशिश ही नहीं करता। क्योंकि उसने अपने दिमाग में यह मान लिया है कि 'यह ज़ंजीर बहुत मज़बूत है और मैं इसे तोड़ नहीं सकता।' जबकि वास्तविकता यह है कि एक बड़े हाथी के लिए उस ज़ंजीर को तोड़ना कोई बड़ी बात नहीं है।

इंसान भी ऐसा करता है, वह बचपन में बैठी हुई अंतर्मन की प्रोगामिंग को बड़े होने तक सच मानकर बैठ जाता है। मान लो बचपन में किसी ने कभी पाँच किलो वज़न उठाने की कोशिश की होगी लेकिन नहीं उठा पाया होगा इसलिए अब बड़ा होने के बाद भी वह यही बोलता है कि 'अरे यह तो बहुत भारी है, यह मुझसे नहीं होगा।' उसे बताया जाना चाहिए कि 'अब तुम बड़े हो गए हो, ज़रा खुद को आइने में देखो। हो सकता है कि बचपन में तुम्हें पाँच किलो वज़न बहुत भारी लगा हो लेकिन तब की बात और थी,

अब ऐसा नहीं होना चाहिए।'

अगर कोई जानवर ऐसा सोचे तो आप मान भी सकते हैं कि 'चलो उसमें समझ नहीं है।' लेकिन जब इंसान ऐसा करता है तो उसे ज्ञान मिलना चाहिए। इसीलिए ज़रूरी है कि इंसान फिर से विचार करे कि 'जो शब्द कान पर टकराए, उनमें कितनी ताकत है? क्या उनमें इतनी ताकत है कि वे तुम्हें दुःख दे सकें?' बचपन में आपको उसकी ताकत ज़्यादा लगती थी क्योंकि पहले आप कमज़ोर थे लेकिन अब आप बड़े हो गए हैं और अब आपकी भावनात्मक ताकत पहले से कहीं ज़्यादा है।

वास्तविकता यह है कि विचारों की ताकत एक मच्छर की ताकत से भी कम होती है। लेकिन इंसान बार-बार विचारों को पोषित करके उन्हें अच्छी-खासी ताकत दे देता है।

जब तक विचार नहीं आता, इंसान बड़े आराम से मस्ती में बैठा होता है, गुनगुना रहा होता है। लेकिन जैसे ही उसे कोई नकारात्मक विचार या भाव आता है तो उसकी हालत बिगड़ जाती है।

जैसे किसी को विचार आता है कि 'मैं बीमार हूँ, मैं बूढ़ा हो चुका है, अब मुझसे यह काम नहीं होगा।' इसे ऐसे समझें कि आपके घर में कई तरह के गैजेट्स या मशीन्स होंगी। उनमें से कुछ मशीन्स बूढ़ी हो चुकी होंगी, कुछ बीमार हो चुकी होंगी लेकिन फिर भी वे काम कर रही होंगी, परिणाम दे रही होंगी। क्योंकि उनमें कोई तोलू मन नहीं है, जो यह कह रहा हो कि 'मैं बीमार हूँ, मैं कमज़ोर हो गया हूँ, मैं यह काम कैसे करूँगा?' जैसे आपके घर के बरतन कितने पुराने हो चुके होंगे लेकिन आप अब भी उन्हीं में खाना बनाते हैं और खाना हमेशा बढ़िया ही बन रहा होता है। उन बरतनों की वजह से कभी खाना खराब नहीं बना होता। आप उन बरतनों को रोज़ गरम करते हैं लेकिन फिर भी वे अपना काम कर रहे हैं। लेकिन इंसान के साथ अकसर ऐसा नहीं हो पाता। क्योंकि इंसान के अंदर विचार आ जाता है इसलिए उसका तोलू मन सक्रिय हो जाता है और फिर उसे लगने लगता है कि 'मैं तो बीमार हूँ, मैं कैसे करूँगा।'

जैसे एक इंसान बड़ी खुशी से जी रहा होता है और फिर उसके अंदर विचार आता है कि 'मेरी मेडिकल रिपोर्ट में कहीं कैंसर तो नहीं निकल आएगा?' बस यह विचार आते ही उसकी खुशी काफूर हो जाती है और दुःख के भाव उसे घेर लेते हैं।

आपका अंतर्मन बोल-बोलकर आपके कान भर रहा होता है। जैसे जब कोई

किसी इंसान के बारे में आपके कान भर देता है कि 'फलाँ इंसान अच्छा नहीं है, बुरा आदमी है।' जब आप उस इंसान से मिलने जाते हैं तो वह कैसा भी हो, आपको बुरा ही लगता है। ऐसा इसीलिए होता है क्योंकि जब अंतर्मन आपके कान भर देता है तो आप किसी भावनाओं को ठीक से देख ही नहीं पाते।

फिर जब आप ऐसी कोई पुस्तक पढ़ते हैं और भावनाओं का सत्य समझते हैं तो आपके कान खाली होने लगते हैं। इसके बाद आप अंतर्मन से सब कुछ साफ करते हैं।

## जागृति की संभावना आपमें है

बचपन में अंतर्मन यह घोषणा कर देता है कि 'ज़ंजीर बहुत मज़बूत है।' जिसके कारण हाथी का बच्चा बड़ा होने के बाद भी उस ज़ंजीर को तोड़ने की कभी कोशिश तक नहीं करता। जो लोग प्रशिक्षण दे रहे होते हैं, उन्हें पता होता है कि हाथियों की या बलशाली जानवरों की यही कमज़ोरी है। वे जानते हैं कि इंसान की बुद्धि का जैसा विकास होता है, इन जानवरों की बुद्धि का कई पीढ़ियों से वैसा कोई विकास नहीं हुआ है। अगर हाथियों के दिमाग का भी विकास हुआ होता तो उनके जीवन में अंतर्विकास का काम शुरू हो जाता। क्योंकि अगर एक के अंदर जागृति आ जाती है तो धीरे-धीरे बाकियों के अंदर भी आ ही जाती है। यही कुदरत का नियम है लेकिन इसके लिए ज़रूरी है कि कम से कम एक को तो जागृति मिले। जागृति की संभावना सिर्फ इंसान में ही होती है। सिर्फ उसे ही बताया जा सकता है कि 'तुम खुद को कमज़ोर इसलिए मान रहे हो क्योंकि तुम्हारे अंतर्मन ने तुम्हें यह बता रखा है कि तुम कमज़ोर हो, जबकि वास्तव में ऐसा नहीं है।'

इंसान न जाने कितनी तरह की बातों को अपने मन में मानकर बैठा है, जैसे इस दुनिया में जीवन बहुत कठिन है, लोगों को समझना मुश्किल है, आजकल तो हर चीज़ पहले से ज़्यादा कठिन हो गई है, आजकल बहुत कॉम्पिटीशन है, जबकि पहले ऐसा नहीं था वगैरह।

अपने अंतर्मन के जाल में उलझा इंसान दावा करता है कि 'मैं अपनी इन मान्यताओं की ज़ंजीर को नहीं तोड़ पाऊँगा, मैंने बहुत कोशिश की लेकिन नहीं तोड़ सका, या 'मेरा दुःख खत्म ही नहीं हो रहा, मैंने बहुत कोशिश की लेकिन फिर भी ऐसा नहीं कर पाया'। लेकिन वह नहीं जानता कि उसका यह दावा खोखला है। उसे बताया जाना चाहिए कि 'अब तुम बड़े हो गए हो, पहले भले ही तुम्हारे लिए यह संभव नहीं था लेकिन अब तुम्हें भावनात्मक शक्ति मिल चुकी है कि अब सब संभव है। इसलिए

अब अपने अंतर्मन की कथा से बाहर निकलो। हो सकता है कि तुम्हें अपने जीवन में दुःख दिखें लेकिन तुम उससे बाहर निकलने को असंभव मत समझो। क्योंकि ऐसा करके तुम गलती कर रहे हो।'

सिर्फ एक इंसान से ही इस बात की उम्मीद की जा सकती है कि वह मन की गुलामी की ज़ंजीर तोड़े। आप जिस ज़ंजीर में बँधे हैं, उसे आप ही आसानी से तोड़ सकते हैं क्योंकि 'अब आप बड़े हो गए हैं।' जब आप छोटे थे, तब भले ही ज़ंजीर को तोड़ना मुश्किल रहा हो लेकिन अब ऐसा नहीं है। अब आपको भावनाओं से मुक्ति का ज्ञान मिल रहा है इसलिए अब अपने अंदर एक नया हौसला, नई समझ, नया साहस और नया उत्साह जगाएँ कि 'मैं जीवन में जितनी भी ज़ंजीरें मानकर बैठा हूँ, उन्हें तोड़ दूँगा। जिन चीज़ों के बारे में मुझे लगता है कि उनका होना कठिन हैं, उन्हें एक कागज़ पर लिख लेता हूँ और फिर उन्हें एक-एक करके पूरा करता जाऊँगा।'

ऐसा करने के बाद जब आपको अपने जीवन में परिणाम दिखाई देने लगेंगे तब आप खुद ही कहेंगे कि 'यह तो बहुत आसान था, बस ज़ंजीर को पूरे मन से एक झटका देना था। फिर मैंने इसमें इतना समय क्यों लगाया, किसने रोककर रखा था मुझे?'

ज़ंजीरों को पूरे मन से झटका देना इसलिए ज़रूरी है क्योंकि आधे मन से किया गया काम कभी सफल नहीं होता। आधे मन से करने का अर्थ होता है कि आपको विश्वास नहीं है, फिर भी आप यह सोचकर कर रहे हैं कि 'चलो एक बार करके देखने में क्या हर्ज है।'

अपनी ज़ंजीर (गलत धारणा) तोड़ना कोई बड़ा काम नहीं है, बस थोड़े से होमवर्क की ज़रूरत होती है। जैसे जब आप रोज़ थोड़ा-थोड़ा काम करते हैं तो वह आपको ज़्यादा नहीं लगता लेकिन अगर आप पूरे साल का काम एक दिन में करना चाहें तो वह बहुत ज़्यादा लगता है। दुःखद भावनाओं की ज़ंजीर के साथ भी कुछ ऐसा ही होता है। अगर इंसान एक समय पर एक ही काम करे तो वास्तव में उसे खुद पर कोई बोझ महसूस नहीं होगा।

हर इंसान को किसी न किसी दिन तो यह होमवर्क (मनन) करना ही होगा। भले ही वह खुद करे या कोई और आकर कराए। जिस इंसान को आज़ादी से प्रेम होता है, वह इंतज़ार नहीं करता, बल्कि सीधे होमवर्क करता है क्योंकि वह आज़ाद होना चाहता है।

आज़ाद होने के लिए अब आपको हर चीज़ को एक बार फिर से देखना है, नए तरीके से देखना है, सच्चाई के साथ देखना है। जो भी पुराना है, वह आपको पूरी तरह बदलना है। जैसे ही आपको यह मालूम पड़ता है तो आप अचानक बड़े हो जाते हैं। फिर पहले जैसी कोई बात नहीं रह जाती। फिर आप हमेशा खुश रहते हैं। पहले अंतर्मन ने असुरक्षा की भावना के कारण कुछ बंदिशें बना रखी थीं लेकिन चूँकि 'अब आप बड़े हो गए हैं इसलिए अब वह असुरक्षा नहीं रही।'

# भावनात्मक बुद्धिमत्ता

## युवाओं की ज़रूरत

एक लड़का रात को देरी से घर आया। माँ ने दरवाज़ा खोला और उससे पूछा- 'इतनी देरी से क्यों आए?'

बेटे ने कहा- 'माँ, मैं एक इमोशनल फिल्म देखने गया था। फिल्म थी 'प्यारी माँ'।'

माँ ने कहा- 'ठीक है, अब अंदर जाकर जुल्मी बाप देख लो।'

यहाँ स्पष्ट रूप से दिख रहा है कि एक की भावनाओं को दूसरा बिलकुल नहीं समझ रहा बल्कि उपेक्षा भी कर रहा है। दूसरों की भावनाओं को समझने के लिए भावनात्मक बुद्धिमत्ता की आवश्यकता होती है।

अब समझें भावनात्मक बुद्धिमत्ता क्या है?

भावनात्मक बुद्धि ही हमें बताती है कि हम अपनी भावनाओं को कैसे देखें? हाऊ टू टेक ओनरशिप ऑफ अवर ओन इमोशन्स? अपनी भावनाओं को अपने नियंत्रण में कैसे लें? अचानक से सामने आई परिस्थिति, घटना या किसी की प्रतिक्रिया पर अपनी भावनाओं को कैसे अभिव्यक्त करें? मात्र अपनी भावनाओं को समझना ही महत्वपूर्ण नहीं है। महत्वपूर्ण यह भी है कि दूसरों की भावनाओं को कैसे समझा जाए

और उसे समझकर कैसे व्यवहार किया जाए? स्वयं की और लोगों की भावनाओं को समझना एक कला है। जिन्हें यह कला आती है, वे ही जीवन के हर क्षेत्र में सफल होते हैं। वे ही लीडर सिद्ध होते हैं। वे सफल भी होते हैं और सफलता पर टिकते भी हैं।

जो लोग जीवन में सफल होना चाहते हैं, उन्हें सबसे पहले अपने मन में यह सुनिश्चित करना होगा कि उन्हें भावनात्मक बुद्धि कौशल सीखना है, भाव बुद्धि सीखनी है। उसका नियमित अभ्यास और प्रयोग करना है। लेकिन भावनात्मक बुद्धिमत्ता कौशल सीखने से पहले यह भली-भाँति जानना होगा कि भावनात्मक बुद्धिमत्ता है क्या?

अकसर लोग कहते हैं या यूँ कहे कि शिकायत करते हैं कि 'कोई मुझे नहीं समझता, मेरी भावनाओं को नहीं समझता, मुझे समझना ही नहीं चाहता' आदि...। भावनात्मक बुद्धिमत्ता कौशल सीखकर यदि लोग ये सोचते हैं कि उन्होंने ये कला अब सीख ली है इसलिए अब हर कोई उनकी बात न केवल समझेंगे बल्कि मानेंगे भी। जैसे पति-पत्नी, भाई-बहन, बॉय फ्रेंड-गर्ल फ्रेंड, स्वार्थी मित्र, बॉस आदि सबको वे अपनी भावनाएँ समझा सकेंगे और सब उनकी बात मान जाएँगे तो उनकी यह सोच गलत है क्योंकि भावनात्मक बुद्धिमत्ता आपने सीखी हैं, दूसरों ने नहीं। साथ ही आपको यह निराशाजनक विचार भी त्यागना होगा कि 'अब कुछ नहीं हो सकता, लोग मेरी भावनाओं को समझ ही नहीं सकते' आदि...।

ये भी अपने आपमें पूरी तरह सच है कि हर व्यक्ति आपकी भावनाओं को पूरी तरह से समझेगा, यह ज़रूरी नहीं। कुछ लोग आपको समझेंगे और कुछ नहीं भी समझेंगे।

भावनात्मक बुद्धिमत्ता कौशल उन लोगों के लिए वरदान है, जो ये कला सीख रहे हैं। इससे उनका विकास होगा, तेज विकास होगा। इस कला में जानना है कि

कैसे हम अपनी भावनाओं को व्यक्त करें?

कैसे हम अपने अंदर उठनेवाली भावनाओं को देखें?

कैसे दूसरों की भावनाओं को समझकर और अपनी भावनाओं को पढ़कर अपनी प्रतिक्रिया व्यक्त करें? यही भावनात्मक बुद्धिमत्ता है।

हर कोई शांत (चिल) रहना चाहता है। मानसिक शांति हरेक को प्रिय है लेकिन लोग चिल रहने के बजाय चिल्लाने लगते हैं। ऐसा क्यों होता है? लोग कहते हैं, 'मैं बोलना ही नहीं चाहता था, मैं क्रोध करना ही नहीं चाहता था पर मैं अपने आपको रोक नहीं पाया।' अकसर हम देखते हैं कि लोग न चाहते हुए भी बोल पड़ते हैं, न चाहते हुए भी क्रोध कर बैठते हैं, न चाहते हुए भी चिल्लाने लगते हैं। चिल की चाहत कब चिल्लाने में बदल जाती है, पता ही नहीं चलता। यहाँ तक कि चिल-चिल चिल्लाने में लोगों का जीवन ही बीत जाता है। ऐसे में ज़रूरी है अपनी भावनाओं को समझना,

पढ़ना, देखना और अभिव्यक्त करना।

भावनाओं की समझ यानी भावनात्मक बुद्धिमत्ता के अभाव में लोग न केवल बहुत कुछ बिगाड़ देते हैं बल्कि अपने जीवन में कई सारी परेशानियाँ भी बढ़ा लेते हैं और बदले में पाते हैं असंतुष्टि। असंतुष्टि, परिवार के सदस्यों, मित्रों, रिश्तेदारों, आस-पड़ोस के लोगों, सहकर्मियों और अधिकारियों से। यह असंतोष अमरबेल की तरह हमारे तन-मन में फैलकर, हमें जकड़ने लगता है, जिससे घुटन महसूस होती है। लोग इसी घुटन से भागना चाहते हैं। लेकिन क्या हम भाग पाते हैं? हमारी यह दौड़, यह पलायन आजीवन चलता रहता है और संतुष्टि कहीं नहीं मिलती। जानते हैं क्यों? क्योंकि हम हालात और परिवेश से तो भाग सकते हैं लेकिन अपने आपसे नहीं। सच पूछिए तो संतोष और शांति बाज़ार में बिकनेवाली चीज़ नहीं है, जिसे खरीदा जा सके। ये आत्मानुभूति है, जिसका अनुभव तभी प्राप्त किया जा सकता है, जब ज़ोरदार कनविक्शन यानी दृढ़ विश्वास हो। इसी के साथ हो, विचारों में स्पष्टता कि 'मैं कौन हूँ?' और मैं पृथ्वी पर क्यों हूँ?

कभी-कभी या अकसर हम भावावेश में कुछ ऐसा कह या कर डालते हैं, जिसके कारण बाद में हमें पछतावा होता है। अपनी गलती का एहसास होना भी एक तरह से हमारी दृढ़ता बढ़ाता है। स्वयं के द्वारा किए गए गलत व्यवहार को पहचानना और स्वीकारना ही विचारों की दृढ़ता है।

स्वामी विवेकानंद ने अपने छोटे से जीवन काल में सारी दुनिया में भारतीय दर्शन पहुँचाया। उनके विचार और दर्शन को विरोधियों ने भी स्वीकारा। ये सब संभव हुआ ज़ोरदार कनविक्शन की वजह से। उन्होंने युवाओं को भी यही संदेश दिया कि 'ज़ोर कम न हो, कमज़ोर मत बनो। जहाँ भी ज़ोर कम पड़ता है, वहीं लक्ष्य प्राप्ति अदृश्य होने लगती है। ज़ोर को बढ़ाने के लिए आत्मबल और आध्यात्मिक बल बढ़ाएँ।'

स्वयं स्वामीजी का जीवन ज़ोरदार कनविक्शन की एक मिसाल है। स्वामी का अर्थ है, जो अपनी भावनाओं का स्वामी और मालिक है। जो भावनाओं को अपने नियंत्रण में कर लेता है, वही विचारों में दृढ़ता और स्पष्टता ला पाता है।

युवा, देश का वर्तमान और भविष्य तो हैं ही साथ ही युवावस्था वह अवस्था है, जिसे पृथ्वी लक्ष्य पता होना चाहिए कि वह पृथ्वी पर क्यों है? उसके जीवन का उद्देश्य क्या है? अतः युवाओं को कमज़ोर पड़ते ही ज़ोर बढ़ाना है। जहाँ भी, जब भी ज़ोर कम पड़ रहा हो उसे बढ़ाना है। जब भी उन्हें ताकत या आत्मविश्वास कम लगने लगे तो सत्य का श्रवण, पठन, मनन और ध्यान बढ़ाना है। विचारों में दृढ़ता और स्पष्टता लानी है। आत्मबल बढ़ाने के लिए स्वयं से कुछ सवाल पूछने होंगे। छोटे-छोटे किंतु स्पष्ट सवाल।

**पहला सवाल- शरीर क्या है?**

शरीर, पृथ्वी लक्ष्य को पूरा करने का एक माध्यम है। उदाहरण के तौर पर आप हारमोनियम बजाना सीखना चाहते हैं। आपकी यह तीव्र इच्छा है। आप किसी पड़ोसी, मित्र या पहचानवाले से हारमोनियम ले आते हैं। हारमोनियम का मालिक बताता है कि 'हारमोनियम ब्रांडेड नहीं है लेकिन बजता अच्छा है और बीच-बीच में थोड़ा हिलता है।' आप कहते हैं- 'कोई बात नहीं, मुझे बजाने से, अभ्यास करने से मतलब है।' जब आप हारमोनियम बजाते हैं तो वह बीच-बीच में हिलता है मगर आपका ध्यान बजाने पर होता है, सीखने पर होता है।

हमारा शरीर भी हारमोनियम की तरह है। जिसके द्वारा हम अपने विचारों की अभिव्यक्ति करते हैं। इसके संगीत का हम आनंद लेते हैं और दूसरों को भी आनंद देते हैं। मगर बीच-बीच में यह मन में उठनेवाली भावनाओं से कंपित हो जाता है। तब हम क्या करते हैं? जिस तरह हारमोनियम के कंपन से हम उसे बजाना नहीं छोड़ते, उसी तरह भावनाओं के आने-जाने या कंपन से भी हमें विचलित नहीं होना है। हमें अपना अभ्यास जारी रखना है। इसी दृष्टिकोण से अपने शरीर को देखें।

**दूसरा सवाल- मन क्या है?**

जिस तरह शरीर का हर अंग अहमियत रखता है, उसी तरह मन की भी अहमियत है। लेकिन मन का शुद्ध और पवित्र होना ज़्यादा महत्त्व रखता है। शरीर और मन का चोली-दामन का साथ है। ये जन्म से लेकर मृत्यु तक शरीर के साथ रहता है।

जन्म के समय यह सुमन होता है। सुमन यानी अच्छा, पवित्र, स्वच्छ और शीतल अग्नि के समान होता है। शीतल अग्नि यानी इसमें जब ईंधन डाला जाता है तो धुआँ नहीं उठता। ईंधन यानी हमारी इंद्रियों द्वारा प्राप्त अनुभव। बचपन के अनुभव शुद्ध और सात्विक होते हैं, जो ईर्ष्या, क्रोध, घृणा आदि दुष्प्रवृत्तियों से मुक्त होते हैं इसलिए इस मन को सुमन कहा गया है।

जैसे-जैसे हम बड़े होते हैं, यह सुमन बन जाता है। कुमन यानी बुरा मन, तोलूमन। यानी हर बात में भला-बुरा तोलनेवाला मन, कल्लूमन यानी कल में जीनेवाला मन, जो यही सोचता है कि कल क्या हुआ और क्यों हुआ? कल क्या होगा? लेकिन भावनात्मक बुद्धिमत्ता से हमें इसे बनाना है शमन यानी क्षमा से साफ किया हुआ स्वच्छ और पवित्र मन। राग-द्वेष, क्रोध-ईर्ष्या आदि दुष्प्रवृत्तियों से मुक्त मन। कैसे? आइए समझें।

मन-बुद्धि फील करने से ज़्यादा, सोचने में रुचि रखते हैं क्योंकि जो भावना चल रही है वह अच्छी नहीं है। इसलिए बुद्धि में कथा बनाना उसे अच्छा लगता है।

जैसे, फलाँ इंसान जान-बुझकर ऐसा करता है, मुझसे नफरत करता है, खुद को महान समझता है। मगर वाकई वह वैसा समझता है या नहीं समझता है, यह सब मान ली गई कथा है। अब ऐसा सोचने के बजाय, आप स्वयं को बताएँ कि 'अब मैं भावनात्मक रूप से परिपक्व (मैच्युअर्ड) हो रहा हूँ तो मुझे खुद को दुःख नहीं देना है और मुझे यह सब नहीं कहना चाहिए।'

कोई कहता है कि 'मैंने फलाँ को फॅन ऑन करने के लिए कहा मगर उसने किया ही नहीं। वह कितना लापरवाह, बेपरवाह है, वह मुझे पसंद ही नहीं करता है।' मगर वह इंसान कभी यह जान ही नहीं पाता कि फॅन ऑन न करने के और दस कारण हो सकते हैं। जब वह उससे बातचीत करेगा तो पता चलेगा कि उसने सुना ही नहीं था या वह कुछ और ऑन करके गया, उसे लगा था वही ऑन करना था।

उसने फॅन क्यों ऑन नहीं किया क्योंकि नहीं किया, अब किया क्योंकि किया, इतना सहज था। उसमें न तो कोई कथा है, न कारण। मगर मन कहता है, 'अभी उसे गलती का एहसास हो गया, उसे गिल्ट आया, खुद उसे गरमी हुई इसलिए उसे फॅन की ज़रूरत पड़ी। वह हमेशा ऐसे ही करता है, पहले नहीं करता, बाद में काम करता है। मुझे चिढ़ाना चाहता है।' भावनाओं के साथ यह सब कहकर हुआ क्या? सिर्फ आप डावाँडोल ही होते रहे। ऐसे में सही तरीके से जीना, मुस्कराना रह जाता है।

उस इंसान ने आपका काम नहीं किया क्योंकि नहीं किया, बाद में किया क्योंकि बाद में किया। इसका यही कारण है और कोई कारण नहीं है। लब से मतलब नहीं निकालेंगे तो खुश रहेंगे। मतलब निकालना ही है तो दुनिया के कई अच्छे-अच्छे मतलब हैं वे निकालें, उससे आपको मज़ा भी आएगा। ईश्वर की सराहना करें, जिसका आनंद भी आएगा। मतलब निकालने ही हैं तो कम से कम ऐसे तो न निकालें, जिनसे आप खुद दुःखी हो जाएँ। यह सोच मन की परिपक्वता है।

**सुमन, कुमन कब और क्यों बन जाता है?**

सुमन तब कुमन बन जाता है जब शीतल अग्नि में हमारी इंद्रियाँ गलत ईंधन डालती हैं और धुआँ निकलने लगता है। जब आँख, कान, नाक, ज़ुबान और त्वचा गलत अनुभव मन तक पहुँचाने लगती हैं। इन इंद्रियों को गलत ईंधन आस-पास के परिवेश से मिलता है। गलत ईंधन, गलत मान्यताओं, धारणाओं, अज्ञान, अंधविश्वास आदि से मिलता है। इसके कारण धुआँ निकलता है।

उदाहरण के तौर पर बच्चा सुनता है- बिल्ली रास्ता काट गई तो कुछ बुरा होगा। हाथ में खुजली हुई तो पैसा आएगा। आँख फड़क रही है तो कुछ बुरा होनेवाला है। पहले बच्चे को कुछ पता नहीं था, वह शुद्ध था। वह यही बातें सुन-सुनकर बड़ा

होता है। ऐसे ही एक-एक गलत अवधारणाएँ उसके मन में पहुँचने लगती हैं। ये बातें उस तक कई माध्यमों से पहुँचती हैं जैसे- मित्र, शिक्षक, समाज, पोस्टर्स, प्रोड्यूसर, फिल्में, राजनीति आदि। फलतः सुमन, कुमन बन जाता है और धुआँ निकलने लगता है।

धुआँ है हमारी वृत्तियाँ, विकार, जिसकी वजह से व्यसन और बुरी आदतें आ जाती हैं। जो मन के चारों तरफ कोहरा बनकर छा जाती हैं। हमें गलत ईंधन को भीतर जाने से रोकना, सीखना होगा। जिस तरह ध्यान में हम अपनी सभी इंद्रियों को बंद कर देते हैं तब कोई ईंधन भीतर नहीं जाता लेकिन बाकी समय ऐसा नहीं होता। सभी इंद्रियाँ गलत अनुभव अंदर डालती हैं और भीतर छा जाता है धुआँ, घना कोहरा, जिसमें कुछ नज़र नहीं आता। ऐसे में ज़रूरी है विकारों की धुंध को हटाना, तभी हमें अपना लक्ष्य स्पष्ट नज़र आएगा।

अनजाने में लगभग हर मनुष्य ने एक ही लक्ष्य बना लिया है। इंद्रिय पिपासा लक्ष्य यानी इंद्रियों की प्यास बुझानेवाला लक्ष्य, जिसका शॉर्टकट है- आई.पी.एल.। आई.पी.एल. को इंसान ने न केवल लक्ष्य बनाकर रखा है बल्कि लगातार उसी में जी रहा है। बस यही है धुआँ बनने का कारण। सुमन के कुमन बनने का कारण। जब तक यह धुआँ छटेगा नहीं तब तक पृथ्वी लक्ष्य नज़र नहीं आएगा।

इसके लिए हर दिन दस से पंद्रह मिनट ध्यान करना होगा। हर साल का एक-एक मिनट बढ़ाना होगा। शुरुआत में पहले ध्यान नहीं लगेगा। यही महसूस होगा कि कुछ नहीं हो रहा, इसके बावजूद निरंतरता से किए गए ध्यान के परिणाम दिखने लगेंगे। कोहरा हटने लगेगा और पता चलने लगेगा कि मन क्या है?

**तीसरा सवाल- सेल्फ यानी स्व क्या है?**

जिस तरह सिनेमा के परदे पर आग, तूफान, समुंदर दिखाया जाता है पर परदा न तो गीला होता है, न जलता है, न ही तूफान में तहस-नहस होता है। यही परदा हमारे अंदर भी है, जिसे कोई भी विकार छू नहीं सकते। मन के सभी खेल, धुआँ, आग सब उस पर चल रहा है मगर वहाँ कोई फर्क नहीं पड़ता। वही सेल्फ यानी स्व है। जिसे आत्मानुभूति या स्वअनुभव भी कहा जाता है।

इस अवस्था में पहुँचकर हम केवल दुःख से ही मुक्ति नहीं पाते बल्कि दुःखी से भी मुक्ति पा लेते हैं।

# दुःखद भावनाओं का साक्षात्कार

## संपूर्ण सृष्टि है आपके साथ

अकसर लोग दुःख भी कतार में खड़े होकर खरीदते हैं यानी आवश्यकता न होने पर भी दुःखी होते रहते हैं। आगे होकर खुद दुःखों के पास जाते हैं। मानो, कोई टैक्स फ्री नहीं बल्कि निःशुल्क सिनेमा हो तो वे उसकी भी ब्लैक में टिकिट लेकर देखते हैं। यह अज्ञान और बेहोशी के कारण होता है। अज्ञानता में ही लोग दुःखों को पकड़कर रखते हैं। वे भूल जाते हैं- 'मैं कौन हूँ?' मैं स्व हूँ यानी सेल्फ यानी सिनेमा का परदा, जिस पर किरदारों की किसी भी भावना का कोई प्रभाव नहीं पड़ता। ये प्रभाव पड़ता है, केवल शरीर और मन पर।

यह स्थिति बिलकुल वैसी ही है, जैसे कोई रस्सी को साँप समझते हुए पूरी ज़िंदगी गुज़ार दे। लेकिन जिसे इस बात का बोध हुआ कि यह साँप नहीं, रस्सी है उसे दुःख और दुःखी दोनों से मुक्ति मिल गई। यह मुक्ति तभी मिलेगी जब सेल्फ का ज्ञान (स्वबोध) होगा। जिस तरह सिनेमा के परदे पर खेल चलता है, उसी तरह स्व यानी सेल्फ पर दुःखों और कष्टों का कोई प्रभाव नहीं पड़ता।

भावनाओं का आना और मन में उठना स्वाभाविक है लेकिन उनका मन में

जम जाना रोग है। धीरे-धीरे ये भावनाएँ वहीं अंदर घर कर जाती हैं और मौका पाकर, उभरकर दुःख निर्माण करने आ जाती हैं। यही खतरनाक है।

जीवन में हर पहला अनुभव अपनी छाप छोड़ देता है। पहली बार जब किसी भी घटना का सामना होता है तब उसका प्रभाव गहरा होता है। जैसे पहली बार यदि कोई इंटरव्यू देने गया और उससे कुछ कठिन सवाल पूछे गए इसलिए वह कामयाब नहीं हुआ। अब बस, उसके मन में इंटरव्यू के डर की भावना घर कर जाएगी। वह हर बार भयभीत होकर यही सोचेगा कि 'अब मैं इंटरव्यू दे सकता हूँ या नहीं? मुझसे क्या सवाल पूछेंगे?'

मान लीजिए, आपको एक दिन आधी रात को कोई फोन आता है और पता चलता है कि किसी रिश्तेदार की मृत्यु हो गई या कोई अस्पताल में भर्ती हुआ है। उस दिन के बाद जब भी देर रात में फोन आता है तो आपका मन बैठ जाता है, साँस रुक जाती है। पुरानी जमी भावना फिर सामने आ जाती है। यह अनुभव अधिकांश लोगों ने किया होगा। इसका अर्थ जो पहला अनुभव था उसकी रिकार्डिंग हो गई है। अब वह डर घर बनाकर बैठ गया है।

सभी ने सुना होगा कि दूध का जला छाछ भी फूँक-फूँककर पीता है क्योंकि उसी चटके का डर हमारे दिमाग में जमकर बैठ जाता है। भावना की यही गाँठें, उसी तरह की घटना घटने पर अचानक खुल जाती हैं और तब हो जाता है भावनात्मक हमला। दरअसल किसी छोटी या बड़ी घटना के घटने पर, नई और पुरानी घटनाएँ एक साथ हमला कर देती हैं तब निराशा का दौर शुरू हो जाता है। ऐसे में कभी-कभी स्वयं को भी महसूस होता है कि हम इतनी छोटी सी बात पर इतना दुःखी क्यों हो रहे हैं? इतनी चिड़चिड़ाहट किसलिए?

वास्तव में दुःख और चिड़चिड़ाहट का कारण वह एक घटना नहीं है। कारण है भीतर की दूसरी गाँठों का खुलना या यूँ कहें कि पुरानी भावनाओं का जगना। नई और पुरानी भावनाएँ मिलकर दुःख को जन्म देती हैं।

भावनाएँ यूँ तो कई प्रकार की होती हैं पर मुख्य रूप से दो प्रकार की होती हैं- एक होती है छोटी-मोटी भावना, जैसे किसी ने कह दिया कि 'मुझसे बात मत करो या इस तरह डाँटकर मुझसे मत बोलो या टॉक टू माय हैंड।' अब ये इतनी बड़ी बात तो है नहीं कि व्यक्ति अपना भावनात्मक संतुलन खो बैठे। ये है छोटी-मोटी भावना यानी छोटे-मोटे इमोशन्स। जब बात इतनी बड़ी थी ही नहीं तो फिर क्रोध आया ही क्यों?

दरअसल इसी तरह के कुछ अनुभव अतीत में भी थे। बस इस घटना से पुरानी गाँठें खुल गईं।

लेकिन कई इमोशन्स सच नहीं होते यानी वे होते हैं खोटे-मोटे इमोशन्स। जैसे रस्सी को देखकर साँप का भ्रम हो जाना क्योंकि साँप के प्रति पहले ही डर समाया हुआ है और रस्सी का रंग-रूप साँप जैसा है। मान लीजिए, कम रोशनी में तकिया उठाया और उसके नीचे रस्सी थी। बस डर गए और रस्सी को साँप समझकर चीख निकल पड़ी, पसीने से लथ-पथ हो गए, दिल की धड़कन भी बढ़ गई। लेकिन क्या यह हकीकत थी? नहीं, ये हैं खोटे-मोटे इमोशन्स।

इसी तरह घटनाएँ हमें सीख देती हैं कि जब भी मन में कोई भावना उमड़े तो उसमें बह मत जाओ, उसकी तरफदारी मत करो। ऐसा तब होता है जब हम मन में पहले से जमी हुई धारणा को सत्य मान लेते हैं। सत्य ही नहीं, ब्रह्मसत्य मान लेते हैं। जैसे- 'फलाँ तो मेरी सुनता ही नहीं... मेरी बात मानता ही नहीं... मुझ पर ध्यान ही नहीं देता...कोई मेरी मदद नहीं करता... सहयोग नहीं करता...' आदि। क्या आपने सोचा है कि जीवन में यदि चंद लोग आपको सहयोग नहीं कर रहे हैं तो इसका मतलब यह नहीं कि वही चंद लोग दुनिया हैं। जीवन कई लोगों और परिस्थितियों से जुड़ा होता है। वातावरण और प्रकृति भी हर कदम पर सहयोग करते हैं पर हम उसे नज़रअंदाज़ कर, शिकायत करते हैं कि कोई मेरी मदद नहीं कर रहा है। हम साँस लेते हैं तो हमें ऑक्सीजन कहाँ से मिलती है? क्या पेड़ हमें सहयोग नहीं कर रहे? जिस ज़मीन पर हम चलते हैं क्या वह सहयोग नहीं कर रही? फिर भी यह विचार आता है कि कोई मेरी मदद नहीं कर रहा है। आप यह पुस्तक पढ़ पा रहे हैं, इस कार्य में कितनी चीज़ें आपको सहयोग कर रही हैं, उदा. कुर्सी, चश्मा, आपकी आँखें, हाथ, प्रकाशक इत्यादि।

सच तो यह है कि संपूर्ण सृष्टि हमारी मदद करती है, हर कदम पर, हर घड़ी, हर साँस में लेकिन हम इस ओर ध्यान ही नहीं देते। हम अपनी नकारात्मक भावनाओं की तरफदारी में इतने तल्लीन रहते हैं कि मिलनेवाले हर सहयोग का मूल्य ही नहीं समझते। ऐसे में आवश्यक है अपनी दुःखद भावनाओं का साक्षात्कार कर, उन्हें समझ के साथ, मुक्त होकर मुक्त करना। यह कैसे करना है, आइए समझते हैं।

मान लो कि दुःखद भावना बेरंग है। अब उस बेरंग भावना में अपना पसंदीदा रंग मिलाओ और उसे उस स्थान पर देखो जहाँ (उदाहरण सीने में) आपको दुःखद भावना महसूस हो रही थी। ऐसा करने से उस भावना की जगह पर खुशी की भावना या

न्यूट्रल भावना आपको महसूस होगी। इसका एक प्रयोग करके देखें। आँखें बंद करके यह प्रयोग करें पर उससे पहले इसे पूरा पढ़ लें।

१) अपनी आँखें बंद करके एक निश्चित आसन में बैठ जाएँ।

२) अब देखें कि दुःखद भावना आपको अपने शरीर के किस अंग पर महसूस हो रही है। उस स्थान को ढूँढ़ निकालें।

३) वह स्थान मिलने में बाद, उस स्थान पर अपना पसंदीदा रंग मन की आँखों (कल्पना) में देखें। देखें कि आपने अपनी बेरंग भावना में अपना पसंदीदा रंग मिलाया है और उसे मिक्सर में घुमा दिया है।

४) अब देखें कि कैसे आपकी बेरंग और दुःखद भावना को रंग मिलता जा रहा है। जैसे-जैसे दुःखद भावना मिक्सर में घूम रही है, वैसे-वैसे, सारा दुःख बाहर निकल रहा है और आप खुशी (सकारात्मकता) के रंग में रंग रहे हैं।

५) भावनाओं पर खुशी का रंग चढ़ने के बाद चमत्कार देखें कि कैसे दुःखद भावनाओं की शक्ति अपने आप समाप्त हो रही है और आप नकारात्मक से सकारात्मक की ओर आ रहे हैं।

जब भी दुःखद भावना घेर ले तो यह प्रयोग करें। आपको अपने लिए यह करना है ताकि आप हर दुःख से मुक्त हो जाएँ। बाकी सब तो बोनस में आपको मिल ही जाएगा। बस यह तय कर लें कि 'मुझे खुद को खुश रखना है।' खुशी की भावना आपके लिए चुंबक का काम करेगी और अच्छी चीज़ों को आपकी ओर आकर्षित करेगी।

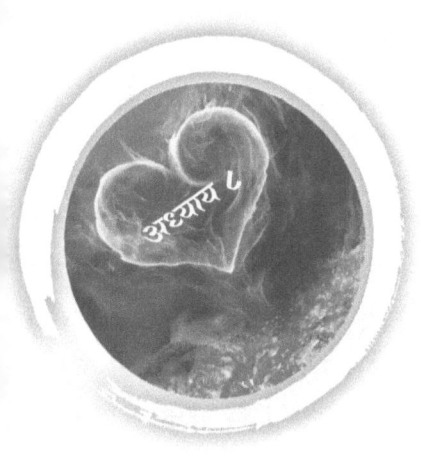

## घटनाओं के दुःख से मुक्ति
### संवेदनशीलता के साथ जुड़े प्रज्ञा

जो भावनाएँ, घटनाओं में जुड़कर दुःख पैदा करती हैं, उनसे मुक्त होना आसान है। इसके लिए आपको यह समझना होगा कि मन उस घटना को किस तरीके से व्यक्त करता है। इंसान की चेतना जैसी होती है, उसका मन घटनाओं को उसी के अनुसार व्यक्त करता है। वह उसे सच मानकर दुःख मनाता है या फिर सुख मनाता है। अगर इंसान को मन का यह नाटक स्पष्ट दिखाई दे तो दुःख समाप्त हो जाते हैं। इस समझ के साथ आगे बढ़ें। साथ ही इस पर मनन भी करते रहें क्योंकि जितना मनन होता है, उतनी ही स्पष्टता बढ़ती है। स्पष्टता बढ़ने से आनंद भी बढ़ता है। फिर आप ऐसी किसी भी चीज़ को ज़्यादा महत्त्व नहीं देंगे, जो आपके जीवन में दुःख ला रही है।

इंसान दुःख में तभी भावुक हो जाता है जब वह घटनाओं में चिपक जाता है। इसलिए अगर आप दुःख में हैं तो इसे सामान्य तरीके से लें कि आपका दुःख में होना समस्या नहीं है। दरअसल समस्या तब होती है जब आप दुःख का एक हिस्सा अपने पास रख लेते हैं यानी उससे चिपक जाते हैं, उसी के बारे में सोचते रहते हैं। इससे बेहतर

यह होगा कि आप दुःख के कारण का पता लगाएँ और समाधान खोजने की कोशिश करें।

इसे एक उदाहरण से समझें, जब हम कोई फिल्म देखते हैं तो वह फिल्म हमारी आँखों के सामने एक परदे पर चलती है। हमें अच्छी तरह मालूम होता है कि हम उस फिल्म से अलग हैं। लेकिन अगर हमने उस फिल्म दिखानेवाले परदे का एक हिस्सा काटकर अपने पास रखा है तो हम अपने आपको उस फिल्म से जुड़ा हुआ महसूस करेंगे। जब तक वह परदे का टुकड़ा हमारे हाथ में है, हम जुड़ाव महसूस करते रहेंगे। जैसे ही हमने वह टुकड़ा परदे से वापस जोड़ दिया, हम वापस फिल्म से अलग महसूस करेंगे। दुःख या समस्या के साथ भी ठीक ऐसा ही है। हम सोचते हैं कि 'यह दुःख, यह समस्या मेरे साथ ही क्यों है?' यह विचार परदे के उस हिस्से जैसा है जो काटकर हम अपने पास रखते हैं। जैसे ही हमने वह विचार छोड़ दिया, हम दुःख को अलगाव के साथ देख पाते हैं। आपको भी यही करना है। आप अपने दुःख, अपनी समस्या को किसी फिल्म की तरह अपने सामने एक परदे पर देखें। इसे कहते हैं **'समस्या को, दुःख को बैकग्राउंड में (खुद से दूर) ले जाना'**। इससे हमारा दुःख, हमारी समस्या हमें पूर्ण रूप से दिखाई देती है। ऐसा करने से समस्या के समाधान हमें दिखने लगते हैं और हम अपने आपको दुःख से मुक्त महसूस करते हैं।

अब दुःख या समस्या आते ही आपको केवल इतना करना है कि उसे बैक-ग्राउंड में ले जाना है और खुद को उस बैकग्राउंड से अलग कर लेना है। इस तरह आपने दुःख को अपनी जेब में रखने के बजाय, उसे उसकी सही जगह पर पहुँचा दिया। अब अगर संभव है तो उस दुःख का उपाय कर उसे दूर करें।

जब आप यह कर पाएँगे तो आप स्वयं को मुक्त महसूस करेंगे और आप शरीर से जुड़े दुःखभरे इमोशन्स से निर्लिप्त हो पाएँगे।

## सामनेवाले का दुःख और आपकी प्रज्ञा

कई लोग सामनेवाले के दुःख को देखकर खुद दुःखी हो जाते हैं। इस दुःखद भावना से बाहर निकलना उन्हें असंभव लगने लगता है परंतु यह संभव है।

अगर आप चाहते हैं कि सामनेवाले का दुःख देखकर आप दुःखी न हों तो यह सोच सही है। ऐसा ही होना चाहिए। अगर किसी का दुःख देखकर हमें दुःख का अनुभव

होता है तो यह हमारी संवेदनशीलता है, जो कि एक अच्छी बात है। अगर आप किसी का दुःख अनुभव कर पा रहे हैं या उसकी खुशी में खुश हो रहे हैं तो इसका अर्थ है कि आप एकात्मता (वननेस) का अनुभव कर पा रहे हैं। समस्या तब खड़ी होती है, जब संवेदनशीलता में प्रज्ञा नहीं होती क्योंकि प्रज्ञारहित संवेदनशीलता दुःख का कारण बनती है। जैसे किसी पक्षी की उड़ान 'ऊँची उड़ान' तभी बनती है, जब उसके पास दोनों पंख हों। आपके पास इन दो पंखों में से एक पंख है, आपकी संवेदनशीलता परंतु 'प्रज्ञा' का दूसरा पंख नहीं है। संवेदनशीलता आपके अंदर पहले से ही बहुत सशक्त ढंग से मौजूद है। इसे आपको सकारात्मक ढंग से देखना चाहिए।

जो लोग भावुक होते हैं, वे यह सोचकर परेशान होते रहते हैं कि 'मैं भावुक हूँ इसीलिए मुझे तकलीफ होती है...लोग मुझे इमोशनली ब्लैकमेल करते हैं... मुझे इमोशनल फूल बनाकर मेरा फायदा भी उठाते हैं...।' दरअसल यह सब इसलिए होता है क्योंकि उनके अंदर प्रज्ञा (समझ) नहीं होती। अगर प्रज्ञा नहीं होगी तो उनकी उड़ान 'ऊँची उड़ान' नहीं बन पाएगी क्योंकि प्रज्ञा ही दूसरा पंख है। अगर आपके अंदर प्रज्ञा है तो कोई आपको इमोशनल फूल नहीं बना सकता। जब आप प्रज्ञावान होते हैं तो दुःख आपको दुःखी नहीं कर पाता। क्योंकि आपको यह एहसास हो जाता है कि आपका दुःख दूसरों के दुःख को कम करने में कोई मदद नहीं करता है लेकिन आपका आनंद, आपकी खुशी उनके दुःख को कम करने में मदद ज़रूर कर सकती है। जब सामनेवाले के शरीर में दुःख हो और आप उसे खुशी व आनंद की दृष्टि से देखेंगे तो उनकी स्थिति में सुधार होगा।

जैसे डॉक्टर को देखते ही मरीज़ को राहत मिलती है और वह बेहतर महसूस करने लगता है तो क्या ऐसा इसलिए होता है क्योंकि डॉक्टर थोड़ी देर पहले रोकर, दुःखी होकर या बीमार होकर उसके पास आया है? नहीं! बल्कि वह तो मरीज़ के पास आते ही कहता है, 'कोई बात नहीं, ठीक हो जाओगे, फिक्र मत करो।' इसके बाद ही वह अपनी जाँच-पड़ताल और इलाज शुरू करता है। डॉक्टर की नज़र मरीज़ में सुधार लाती है क्योंकि उसकी उपस्थिति ही ऐसी है, जिसमें यह आश्वासन है कि 'यह कोई बड़ी बात नहीं है, रोग ठीक हो सकता है क्योंकि तुम्हारी समस्या सुलझाना आसान है।' डॉक्टर का ज्ञान यानी उसकी प्रज्ञा ही मरीज़ के लिए दवा का काम करती है। डॉक्टर जितना ज्ञानी और कुशल होता है, मरीज़ को उतनी जल्दी राहत मिलती है। जब मरीज़ डॉक्टर

की आँखों में यह आश्वासन देखता है कि 'कोई बड़ी बात नहीं है, तुम्हारी बीमारी ठीक हो जाएगी।' तो उसे फौरन अपने स्वस्थ होने का विश्वास हो जाता है।

इसीलिए आपको यह देखना होगा कि आपकी नज़र कैसी है, दुःखवाली या आनंदवाली। अगर आपको दूसरों का दुःख अपना दुःख लग रहा है तो इसमें कोई समस्या नहीं है क्योंकि ऐसे लोग ही दूसरों का दुःख दूर करने के तरीके खोजते हैं। लेकिन ऐसा तभी संभव होता है, जब सामनेवाले का दुःख आपके लिए बल बनता है। अगर उसका दुःख आपको ही दुःखी और बीमार कर रहा है तो इसका अर्थ है कि आपको उस पर, खुद पर काम करना है। बेहतर होगा कि हम दुःख में भी खुश रहने की कला सीख लें। जब आप खुश होते हैं तो आप चुंबक बन जाते हैं। लेकिन जब आप दुःखी होते हैं तो पीतल बन जाते हैं। इसलिए आपकी नज़र ऐसी होनी चाहिए, जो आपको मैग्नेट यानी चुंबक बनाती हो।

अब से जब भी आप किसी दुःखी इंसान को देखें तो खुद को याद दिलाएँ, उसके सामने आपकी उपस्थिति सकारात्मक और आनंददायक होनी चाहिए। ऐसे में आप आनंद के साथ-साथ अपने ऊपर हुई सभी कृपाओं को भी याद करेंगे। फिर आपकी उपस्थिति उस दुःखी या मरीज़ की स्थिति में सुधार ही लाएगी।

वास्तविकता यह है कि दूसरों का दुःख स्वयं महसूस करके आप उनका दुःख दूर करना चाहते हैं। अगर उसका दुःख दूर करने में आपका ही दुःख बाधा बन रहा है तो ऐसी स्थिति में सामान्य ज्ञान (कॉमन सेंस) यही कहता है कि 'पहले आप अपने दुःख से मुक्त हो जाएँ।' दुःख से मुक्त होने के लिए आपको अपने जीवन में हुई सुखद घटनाओं को याद करना होगा। उसके लिए कुदरत को धन्यवाद देना होगा। हर इंसान के जीवन में ऐसी कई बातें होती हैं, जो उसे आनंद दे सकती हैं।

सच तो यह है कि आनंद हमारे अंदर ही है। जैसे ही आप स्वयं को इसकी याद दिलाएँगे, फौरन आनंदित हो जाएँगे। फिर आप सामनेवाले को आनंद की नज़र से ही देखेंगे, आपकी वाणी से भी वैसे ही शब्द निकलेंगे, जिनसे सामनेवाले की स्थिति में सुधार होगा।

इंसान जब दुःखी होता है तो अकसर यह उम्मीद करता है कि उसका दुःख देखकर उसके परिवारवाले और करीबी लोग भी दुःखी हो जाएँ। इसके बिना उसे विश्वास

ही नहीं होता कि वे उसे प्रेम करते हैं। अगर आपको दुःखी देखना सामनेवाले के लिए इतना ज़रूरी हो तो आपको उसके सामने दुःख का अभिनय करना होगा ताकि उसे महसूस हो कि आप भी उसके दुःख से दुःखी हैं। लेकिन अगर आप उसकी स्थिति में सुधार लाना चाहते हैं तो आप खुद से यही कहेंगे कि 'पहले मुझे दुःख से बाहर आना है।' दूसरे के दुःख में दुःखी होना आपके लिए इस बात का संकेत है कि आपका एक पंख तो सशक्त है लेकिन दूसरा पंख कमज़ोर है। इसलिए अब आपको दूसरे पंख को भी सशक्त बनाना है ताकि आपकी ऊँची उड़ान संभव हो पाए। फिर ही आप सफल हो सकते हैं।

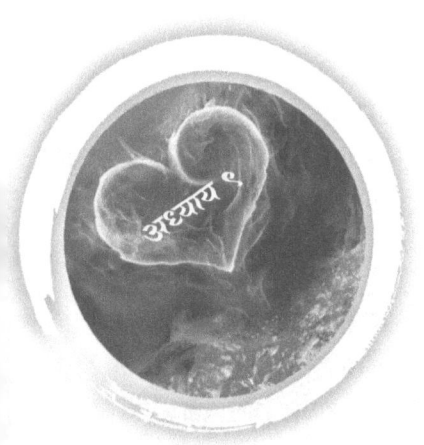

# भावनाओं को अभिव्यक्त करने के तरीके

## हो क्रोध में बोध

सही कहा जाता है- बंदूक से निकली गोली और ज़ुबान से निकली बोली कभी वापस नहीं आ सकती और यह भी सच है कि गहरे -से-गहरा घाव वक्त के साथ भर जाता है पर ज़ुबान का घाव कभी नहीं भरता। इसलिए ज़रूरी है दूसरों की भावनाओं को समझना और अपनी भावनाओं को शब्दों द्वारा समझाना। अपनी भावनाओं को कैसे देखें, यही सीखना कुछ लोगों के लिए वरदान तो कुछ लोगों के लिए महावरदान है क्योंकि भावनाओं की सही समझ ही जीवन के आनंद का आधार है।

हर मनुष्य का जीवन भावनाओं के समुंदर में तैरती नैय्या के समान है। कभी भावनाओं के समुंदर की लहरें क्रुद्ध नागिन की तरह फुँकारती हुई बड़ी-से-बड़ी चट्टानों को तोड़ देती हैं तो कभी किसी मधुर संगीत की तरह हमारे दिल में धीमे से गुनगुना जाती हैं।

जी हाँ, ये भावनाएँ समुंदर की लहरों की भाँति मनुष्य के जीवन में कभी उथल-पुथल मचाती हैं तो कभी मौज बनकर आनंदित कर देती हैं। तो क्या ये भावनाएँ हमें अपने इशारों पर नचाती हैं? क्या हम इनके गुलाम हैं?

वास्तव में देखा जाए तो ये हम पर निर्भर करता है कि हम क्या चाहते हैं, इनके गुलाम बनना या इन्हें गुलाम बनाना !!!!! अपनी भावनाओं की अभिव्यक्ति और दूसरों की भावनाओं के प्रति हमारा नज़रिया कैसा हो, यही सीखना है।

## दूसरों के क्रोध को समझें

कुछ फिल्मों में दिखाया जाता है कि एक बड़ा सा रोबोट होता है। जो विशालकाय दिखाई देता है। परंतु उसे एक छोटा सा इंसान चला रहा होता है। वह इंसान कंप्यूटर पर कुछ कर रहा होता है और वह रोबोट चल रहा होता है। उसे देखकर ऐसे लगता है जैसे कि कोई राक्षस चल रहा है। ऐसे दृश्य आपने फिल्मों में देखे होंगे। ठीक इसी तरह एक क्रोधित इंसान की अवस्था होती है। जो क्रोध के कारण तोड़-फोड़ कर रहा है मगर अंदर से वह डरा हुआ होता है। दरअसल वह अपने डर को रिलीज़ (मुक्त) करना चाहता है।

बाहर से दृश्य चाहे कैसा भी दिखाई दे। जब आप खुद को समझ पाएँगे, तब दूसरों को समझ पाएँगे। जब कोई आप पर चिल्ला रहा है, चाहे वह मम्मी हो, डैडी, पड़ोसी, बॉस, सास, तब यह ज्ञान आपको हर जगह काम में आनेवाला है। आप खुद को सही प्रेम दे पा रहे हैं तो दूसरों को भी दे पाएँगे। ऐसे समय पर क्या आप खुद को सही प्रेम दे पाते हैं? प्रेम दे पाते हैं तो आप दूसरों को समझ पाते हैं।

जब कभी किसी की बात सुनकर या किसी का व्यवहार देखकर हमें क्रोध आ जाता है और तब हम अपना नियंत्रण खो बैठते हैं। ऐसी स्थिति में मुँह से कुछ शब्द निकल जाते हैं और लोग उन्हीं में अटक जाते हैं क्योंकि लोग शाब्दिक अर्थ देखते हैं, शब्दों के पीछे छिपी भावना नहीं देखते हैं।

जैसे एक शिक्षिका ने छात्र से कहा— 'मैं जो भी सवाल करूँ, उनका फटाफट जवाब देना।'

फिर शिक्षिका ने सवाल पूछा— 'भारत की राजधानी क्या है?'
बच्चे ने जवाब दिया— 'फटाफट'।

बच्चे ने तो केवल शिक्षिका के शब्दों का अनुसरण किया क्योंकि पहले ही शिक्षिका ने कह दिया 'फटाफट' जवाब देना। अर्थात हम सभी केवल शब्दों को पकड़कर शब्दों के जाल (जवाबों) में उलझकर रह जाते हैं।

रिश्तों को टूटने से और स्वयं को आहत होने से बचाने के लिए ज़रूरी है कि

हम भाव-अभिव्यक्ति की भाषा सीखें यानी अपनी भावनाओं को कैसे समझें? **'कल आपने जो किया और कहा वह मुझे बुरा नहीं लगा लेकिन अच्छा भी नहीं लगा। इस लगने में आपकी गलती नहीं है।'**

जिसने इस पंक्ति या इसमें छिपी भाषा समझ ली वह बुद्धि कौशल के साथ-साथ भावनात्मक कौशल और भावनात्मक बुद्धिमत्ता के रहस्य को समझ जाएगा।

इस पंक्ति का असर हम इसका प्रयोग कर जान सकते हैं। दरअसल हमें अपनी भाव अभिव्यक्ति की भाषा सीखनी होगी क्योंकि अभिव्यक्ति यदि सही रूप में न हो तो वह अर्थ का अनर्थ कर देती है। हमें किसी की कौन सी बात बुरी लगी, यह बताना ज़रूरी है लेकिन अकसर यह देखा जाता है कि लोग स्वयं की भूल या गलती सुनना नहीं चाहते हैं, आखिर सत्य कड़वा जो होता है। बस जैसे ही आपने यह कहा कि आपकी फलाँ-फलाँ बात चुभी, बस वहीं मित्रता शत्रुता में बदल जाती है। भाव अभिव्यक्ति हो लेकिन उसकी भाषा क्या हो, यह समझना अनिवार्य है।

**'कल आपने जो किया और कहा वह मुझे बुरा नहीं लगा लेकिन अच्छा भी नहीं लगा। इस लगने में आपकी गलती नहीं है।'** इस पंक्ति में भी शब्द हैं और जो क्रोध में बोले जाते हैं, वे भी शब्द ही होते हैं। नाराज़गी उसमें भी होती और वही अभिव्यक्ति इसमें भी है। भावनाओं का संप्रेषण हो लेकिन इस प्रकार से कि दूसरों की भावनाएँ उग्र न हों।

एक सर्वेक्षण में पूछा गया कि लोगों पर किस भावना का हमला ज़्यादा होता है? कौन सी भावना लोगों पर भारी पड़ती है? तो जवाब में पहले नंबर पर था क्रोध। उसके बाद दुःख, डर, चिंता, ईर्ष्या, अपराध बोध आदि भावनाओं में लोग बह जाते हैं। सोचें, यदि हमारी भावनाएँ हम पर भारी पड़ने लगे तो हमारे द्वारा दी गई प्रतिक्रिया सही नहीं होगी। परंतु जिन लोगों में भावनात्मक बुद्धिमत्ता यानी इमोशनल इंटेलिजेंस है, वे परिस्थितियों में स्वयं को संभाल लेते हैं। उनमें भावनात्मक कौशल होने के कारण, वे हमेशा संतुलित रहते हैं। ऐसे लोग न केवल जीवन के हर क्षेत्र में सफल होते हैं बल्कि सफलता की ऊँचाइयों पर टिकते भी हैं। जीवन में सफलता पाना जितना कठिन है, उससे कहीं अधिक कठिन है उस पर टिके रहना। ये तभी संभव है जब व्यक्ति भावनात्मक बुद्धिमत्ता को समझे और उसे जीवन में अमल में लाए।

किसी भी क्षेत्र में सफलता पाना और उसे बनाए रखना या उस पर टिके रहना अलग बात है। इसके लिए ज़रूरत होती है भावनात्मक बुद्धिमत्ता की। इसी से ही आप

सफलता की ऊँचाइयों पर पहुँचकर बने रह सकते हैं। लोग अपनी बुद्धि बढ़ाने के लिए अलग-अलग प्रशिक्षण लेते हैं, दवाइयाँ खाते हैं, वर्कशॉप और सेमिनार में जाते हैं। हज़ारों रुपए और कई घंटे उसमें लगाते हैं। इन सबमें ज़रूरत है, अपनी बात को सही तरीके से व्यक्त करना सीखने की।

## भावनाओं को अभिव्यक्त करने के तरीके

पहला तरीका, कुछ लोग स्ट्रेट फॉरवर्ड (स्पष्ट वक्ता) होते हैं। ऐसे लोग सामनेवाले पर चीखते-चिल्लाते हैं। जिससे उनका क्रोध का इमोशन तो निकल जाता है लेकिन सामनेवाले के लिए यह दर्द और तकलीफ का कारण बनता है।

दूसरे वे होते हैं जो स्ट्रेस इनवर्ड होते हैं यानी वे अपना सारा तनाव अंदर रखते हैं, बाहर नहीं बोल पाते। स्ट्रेट फॉरवर्ड और स्ट्रेस इनवर्ड दोनों ही लोग बीमार होते हैं। स्ट्रेट फॉरवर्ड लोगों के रिश्ते बीमार होते हैं और स्ट्रेस इनवर्डवालों का शरीर बीमार होता है।

कुछ लोग या तो बोलकर या गालियाँ देकर अपना तनाव खत्म करते हैं और कुछ लोग उसे दबाकर। एक शिक्षक ने बच्चे से पूछा– 'गाली किसे कहते हैं?' बच्चे ने जवाब दिया– 'गाली कुछ ऐसे अशुद्ध शब्द होते हैं, जिनके उच्चारण से दिल को सुकून मिलता है।'

कहने का अर्थ गाली देनेवाले को तो सुकून मिल जाता है पर सुननेवाले का क्या? ऐसे इंसान के रिश्ते बिगड़ जाते हैं। जब कोई व्यक्ति क्रोध करता है तो वास्तव में वह भीतर से डरा हुआ होता है। क्रोध नकाब है अपनी भावनाओं को छिपाने का। आज सबसे ज़्यादा जिस भावनात्मक हमले से लोग गुज़र रहे हैं, वह है **क्रोध**। क्रोध तो बाहर का नकाब है, जिसके अंदर है कमज़ोरी, लाचारी, इच्छा में बाधा (लोभ) और अहंकार।

## वार्तालाप से करें सच्चाई का सामना

क्रोध एक ऐसा भाव है जो दूसरों के साथ-साथ, खुद को भी नुकसान पहुँचाता है। इंसान किसी न किसी सच को छिपाने के लिए क्रोध प्रकट करता है। उदाहरण के तौर पर एक बच्चा अपने पिताजी से नए बैग और नए जूते की फरमाइश करता है। महीने के आखिरी दिन होने की वजह से पिता बच्चे की इच्छा पूरी नहीं कर पाते। तब वे बच्चे पर क्रोध करके उसे चुप करा देते हैं। अब यह उनकी लाचारी है कि वे अभी खर्च नहीं

कर सकते लेकिन वे बच्चे को सच बताने की हिम्मत नहीं रखते। उन्हें सच बताने में शर्म महसूस होती है। वे लाचारी की भावना को बुरी समझकर, उसे क्रोध से ढक देते हैं। जो कि सरासर गलत है। ऐसा करके उन्होंने लाचारी से ज़्यादा अहमियत क्रोध को दी। क्योंकि लोग क्रोध को नकारात्मक रूप में नहीं देखते।

साधारणतः धारणा है कि क्रोध दर्शानेवाला ताकतवर है और लाचारी दर्शानेवाला कमज़ोर। कोई भी यह नहीं चाहता कि लोग उसे कमज़ोर समझे इसलिए लोग क्रोध के द्वारा अपनी बेबसी छिपाते हैं। यहाँ इंसान को ईमानदारी से मनन करना चाहिए कि 'जब मैं क्रोध कर रहा हूँ तब अंदर क्या हो रहा है? हालाँकि मैं जो छिपा रहा हूँ, वास्तव में उसे जमा कर रहा हूँ और यह नकारात्मकता मेरे शरीर को खोखला कर रही है। ऐसे में सही क्या है?' इस तरह सच बोलना, खुद से ईमानदारी से बात करना, अपने परिवारवालों से कपटमुक्त व्यवहार करना, सच्चाई का सामना करना... अपनी भावनाओं को समझकर, उसे सही दिशा देना है। यह करके ही इंसान स्वस्थ शरीर प्राप्त कर सकता है। इसके विपरीत क्रोध को अभिव्यक्त करना या पीना दोनों ही गलत हैं। आपको 'स्ट्रेट फारवर्ड और स्ट्रेस इनवर्ड' दोनों से ही मुक्ति पानी है और अपनाना है 'इमोशनलेस कम्युनिकेशन' का तरीका।

इमोशनलेस कम्युनिकेशन यानी बिना भावनाओं में बहे, सामनेवाले से संवाद साधना। इमोशनलेस कम्युनिकेशन को एक उदाहरण से समझें।

दरअसल कम्युनिकेशन का क्षेत्र बहुत विशाल है। कम्युनिकेशन में कई बार बहुत सी समस्याएँ सिर्फ इसलिए हो जाती हैं क्योंकि लोग उसमें अपने इमोशन को जोड़ देते हैं। जिसके कारण कई बार सामनेवाले को स्पष्ट नहीं होता कि वे वास्तव में क्या बताना चाहते हैं।

जैसे, आप किसी से कह रहे हैं कि 'फलाँ चीज़ को यहाँ रखा जाना चाहिए था लेकिन तुमने उसे वहाँ रख दिया।' यह बहुत ही सीधा और स्पष्ट कम्युनिकेशन है, इसमें कोई इमोशन नहीं जोड़ा गया। और सिर्फ यह बताया गया कि इस चीज़ को रखने की सही जगह कौन सी है। लेकिन जब इसी कम्युनिकेशन में इमोशन जुड़ जाता है तो यह कुछ ऐसा हो जाता है, 'क्या तुम्हें अंदाज़ा भी है कि फलाँ चीज़ को तुमने यहाँ रखकर कितनी हानि कर डाली?'

कम्युनिकेशन में इमोशन तब जुड़ता है, जब आप कथा (काल्पनिक मतलब) बना लेते हैं और वह सक्रिय हो जाती है। वरना तो सीधा कम्युनिकेशन ही होता है।

अगर इसी बात को आमने-सामने कहने के बजाय, ई-मेल के ज़रिए कहा जाता है तो उसमें कोई इमोशन जुड़ने की संभावना बहुत कम हो जाती है। परंतु जब आप किसी से कुछ कह रहे होते हैं तो आपकी आवाज़ की एक टोन होती है, जिससे उसमें इमोशन आ जाता है। सिर्फ आपको इस टोन की ओर ज़रा ध्यान देना है। यह हमेशा याद रहे कि 'मुझे सामनेवाले को जो भी बताना है, बिना इमोशन जोड़े बताना है।'

फिर आप सिर्फ तथ्य बताएँगे कि 'फलाँ चीज़ को उसी जगह पर रहना चाहिए। यही इसकी जगह है, यहाँ रखने पर यह चीज़ हर किसी को आसानी से मिल जाती है।' लेकिन अगर आपने कहा, 'फलाँ चीज़ को यहाँ रखने के कारण कितनी हानि हो गई, कितना समय बरबाद हुआ, कितने काम अटक गए' तो इसका अर्थ है कि आप अपनी बनी-बनाई कथा बता रहे हैं।

इसी तरह एक और कथा होती है, जो आम तौर पर बहुत से लोग बनाते रहते हैं कि 'फलाँ चीज़ को यहाँ रखकर तुमने साबित कर दिया कि तुम कितने लापरवाह हो।' अब वह इंसान लापरवाह है या आपका आइना बन रहा है, यह तो बाद की बात है लेकिन आपको यह ज़रूर समझना है कि 'यह मेरी कथा है, मेरा इमोशन है।' इसके बाद आप अपनी बात बिना इमोशन के कहेंगे। यही इमोशनलेस कम्युनिकेशन है।

यदि आप यह कम्युनिकेशन सीख गए तो आपका भावनाओं में बहना बंद हो जाएगा और आप भावनात्मक परिपक्व इंसान के रूप में जाने जाएँगे।

# असहज भावनाओं का सामना कैसे करें

## इमोशन और फीलिंग के फर्क को समझें

हम सभी में भावनाएँ होती हैं। हम जिससे डरते हैं, वे हैं अनचाही या असहज भावनाएँ। कुछ उदाहरणों को पढ़कर इसे समझते हैं –

१. मान लें कि कई दिनों से आप कई सारे कार्यों में व्यस्त हैं और अचानक एक दिन आपके पास करने के लिए कुछ भी नहीं बचता। ऐसे समय पर आप कैसा महसूस करेंगे?

२. एक दिन अचानक आपको नौकरी से निकाला गया और जैसे ही आप घर पहुँचे तो देखा कि पूरा घर मेहमानों से भरा हुआ है। ऐसे समय पर आप कैसा महसूस करेंगे?

३. अपनी कंपनी का बहुत सारा कार्य करने के बावजूद आपकी जगह, आपके अन्य सहकर्मी को सभी कार्यों का श्रेय दिया गया। आपको किसी ने नहीं सराहा। ऐसे समय पर आप कैसा महसूस करेंगे?

४. एक शांतिपूर्ण इतवार के दिन आप घर पर अकेले बैठे हैं। अचानक एक पुरानी बात आपको याद आती है। ऐसे समय पर आप क्या महसूस करेंगे?

५. आप एक मीटिंग बुलाते हैं और उस मीटिंग में कोई भी उपस्थित नहीं रहता। ऐसे

समय पर आप कैसा महसूस करेंगे?

६. एक प्रोजेक्ट, जिस पर आपकी उम्मीदें टिकी थीं, अचानक वह आपके हाथ से निकल जाता है और आपके भविष्य के सपने धरे के धरे रह जाते हैं। ऐसे समय पर आप कैसा महसूस करेंगे?

७. आप अपने व्यस्त शेड्यूल से समय निकालकर, एक पारिवारिक समारोह में जाते हैं। वहाँ पर आपको कोई ध्यान नहीं देता। ऐसे समय पर आप कैसा महसूस करेंगे?

उपर्युक्त सभी घटनाओं में आप स्वयं को असहज स्थिति में पाएँगे। आपके भीतर असहजता की भावना घर कर जाएगी। ऐसी स्थिति में हम या तो अपनी भावनाओं को दबा देते हैं अथवा उससे बाहर निकलने का कोई अस्थायी तरीका अपनाते हैं। जैसे हम अपना ध्यान हटाकर कहीं और लगा देते हैं। हम टी.वी. चला लेते हैं, किसी मित्र को फोन कर लेते हैं, किसी से गपशप कर लेते हैं, इंटरनेट पर सर्फिंग करते हैं, बाहर जाकर टहलकर आते हैं, कहीं बाहर जाकर खाना खाकर आते हैं, क्रोध करते हैं इत्यादि। अब यह समझें कि हमारे दिमाग में ऐसे समय पर क्या होता है, जब असहज भावनाएँ उभरती हैं...?

**दिमागी विश्लेषण** : रोज़मर्रा के जीवन में हम फीलिंग्स और इमोशन्स- इन दो तरह के शब्दों का प्रयोग करते हैं। ये दोनों शब्द एक-दूसरे के नज़दीक हैं। हम अपनी इंद्रियों के ज़रिए हर वक्त बाहरी दुनिया के संपर्क में रहते हैं। हमारा दिमाग हमारे शरीर से कुछ संकेत लेता है और उन्हें दर्ज करता है कि हमारे शरीर में क्या-क्या हो रहा है। इमोशन्स- वे जटिल प्रतिक्रियाएँ हैं जो शरीर में संवेदनाएँ पैदा करती हैं।

यदि कोई डरानेवाली घटना हमारे सामने घटती है तो वह हमारे शरीर में कुछ संवेदनाएँ उत्पन्न करती है। जैसे हमारे दिल की धड़कन बढ़ जाती है, मुँह सूख जाता है, त्वचा का रंग उड़ जाता है और मांसपेशियाँ सिकुड़ जाती हैं। हमारे दिमाग में इस पूरी घटना का मानो एक फोटो खिंच जाता है। यह दिमागी चित्र ऐसी हर स्थिति में दोहराया जाता है, जिसमें हमें डर महसूस होता है। दिमाग द्वारा इमोशनल प्रतिक्रियाएँ दोहराई जाती हैं, जिसके कारण हमारे शरीर पर भी उसका असर दिखाई देता है।

वैसे सभी भावनाएँ शरीर की संवेदनाओं के कारण नहीं उठतीं। कई बार हम किसी बीमार इंसान को देखकर उसके प्रति दया महसूस करते हैं। ऐसे वक्त पर हम अपने दिमाग में दर्द को पैदा करते हैं। शारीरिक तौर पर दिमाग में दर्द महसूस किए बिना, हम

उस इंसान की भावनाओं को इस हद तक अपने भीतर महसूस करते हैं कि आंतरिक तौर पर वह दर्द उठने लगता है।

कई बार, दिमाग द्वारा खींचा गया चित्र पूरी तरह से सही नहीं होता क्योंकि दिमाग शरीर पर महसूस होनेवाले कुछ स्पंदनों को नज़रअंदाज़ कर देता है, जो तीव्र तनाव या डर के समय पर हमारे शरीर में उठते हैं। ऐसे में कई बार दिमाग भावनाओं को गलत समझ लेता है। कई बार ऐसा भी होता है कि दिमाग द्वारा पूर्ण चित्र खींचे जाने के बावजूद हम भावनाओं को समझने में गलती कर देते हैं।

ऐसे वक्त पर हो सकता है कि छोटी भावना होने के बावजूद दिमाग उसकी तीव्रता को इतना बढ़ा दे कि मानो किसी ने आतंक का बटन दबा दिया हो। कई बार तो पूरा शरीर थर-थर कांपने लगता है।

अगर दिमाग किसी असहज भावना को भाँप लेता है तो उससे निजाद पाने की कोशिश करने लगता है। यह शरीर को ऐसे संकेत भेजता है, जिससे शरीर कुछ ऐसी हरकतें करता है जिससे वह उस असहज स्थिति से दूर भाग सके।

बचपने से, हमने जिन भी बातों को सच माना है, वे हमारे दिमाग में जमा हो गई हैं। ये धारणाएँ कुछ और नहीं बल्कि न्यूरल मार्ग हैं, जिससे दिमाग यह तय करता है कि किसी भावना पर कैसी प्रतिक्रिया की जानी चाहिए। साथ ही, दिमाग शरीर को बताता है कि ऐसी स्थिति में किसी तरह का बरताव करना चाहिए। यह ऐसा है जैसे सभी एक साथ तारों द्वारा जोड़े गए हैं और एक साथ काम करते हैं।

यदि दिमाग को किसी ऐसी भावना का सामना करना पड़े, जो उसकी निर्मित धारणा प्रणाली से बाहर हो तो उसकी सूचना देने के बजाय, वह समझ नहीं पाता कि इस भावना का सामना कैसे किया जाए इसलिए वह किसी भी भावनाओं को चलाने लगता है जैसे क्रोध, बोरियत, ईर्ष्या, डर, ग्लानि, द्वेष, जलन इत्यादि। हमारी शारीरिक अवस्था भी इसी के अनुसार बदल जाती है। दिमाग न्यूरल मार्ग के द्वारा कुछ रसायनों को उत्पन्न करता है और शरीर के अलग-अलग अंगों पर उसका प्रभाव दिखाई देता है।

हर भावना के साथ शरीर का एक हिस्सा प्रभावित होता है। उदाहरण के तौर पर, जब शरीर में क्रोध उजागर होता है तब दिमाग तनाव के हार्मोन उत्पन्न करता है। यह पेट से रक्त को अलग कर देता है और उसे माँसपेशियों की ओर भेजता है। इससे शारीरिक श्रम की तैयारी होती है। जिसके परिणाम में धड़कन बढ़ने लगती है और साँस

की गति तेज़ हो जाती है। साथ ही शरीर का तापमान बढ़ जाता है और पसीना छूटने लगता है।

जैसे ही हम यह देखते हैं तो हमें यकीन हो जाता है कि हमारा क्रोध सही है और हम क्रोध को और बढ़ावा देने लगते हैं। ज्यूँकि दिमाग इन प्रतिक्रिया को दर्ज करके स्वतः ही हर घटना के साथ इन्हें दोहराता है, ऐसे में आप सजगता के साथ क्रिया नहीं कर पाते। ऐसे समय पर अपने भीतर छिपी भावनाओं पर परदा डालने के बाजय, आपको उन्हें पूरी तरह से महसूस करना चाहिए और उनका सामना करना चाहिए। जैसे ही आप अपनी भावनाओं का फिर से जायज़ा लेते हैं, आपको उनका महत्त्व पता चलता है। फिर आप अपने दिमाग को सही संकेत दे पाते हैं कि इस जानकारी पर कैसे कार्य करना है। ऐसा करने से एक नया न्यूरल मार्ग तैयार होगा, जिसमें नई प्रतिक्रियाएँ दर्ज होंगी।

**व्यावहारिक उपयोग :** जब भी आप कोई असहज भावना महसूस करें तो समझ जाएँ कि आपका दिमाग इस जानकारी को समझ नहीं पा रहा है। ऐसे में आपको अपने दिमाग को सही जानकारी देनी है ताकि वह सकारात्मक भावों को उजागर कर सके जैसै प्रेम, आनंद, मौन, धैर्य, सहानुभूति, साहस इत्यादि। आइए, अब इस अध्याय की शुरुआत में दिए गए उदाहरणों पर एक बार फिर नज़र डालते हैं। अब की बार, मिली हुई समझ के साथ इन उदाहरणों को देखेंगे।

१. मान लें कि कई दिनों से आप कई सारे कार्यों में व्यस्त हैं और अचानक एक दिन आपके पास करने के लिए कुछ भी नहीं बचता। ऐसे समय पर आप खालीपन महसूस करते हैं। आपका दिमाग इस भावना को बोरियत की भावना से जोड़ देगा और आप इससे बाहर आने के लिए शॉपिंग करेंगे, किसी से गपशप करेंगे, बाहर जाकर खाना खाएँगे इत्यादि। यहाँ पर यह समझ रखें कि अब समय है दिमाग को सही जानकारी देने का क्योंकि वह पुराने रास्तों का सहारा ले रहा है। जब ऐसी भावना आए तो आपको अपने दिमाग को बताना है कि इस जानकारी पर अलग तरह का कार्य करना है। ऐसे समय पर आप ध्यान कर सकते हैं। ध्यान द्वारा आप मन की अवस्था को जानने का प्रयास कर सकते हैं। भावनाओं को जानने के लिए सबसे पहला कदम है साँसों पर ध्यान लगाना। जैसे ही आप साँस पर ध्यान देना शुरू करते हैं, वैसे ही आपकी साँसों की गति सामान्य हो जाती है और भावों का प्रभाव भी कम हो जाता है।

२. एक दिन आपको नौकरी से निकाला गया और जैसे ही आप घर पहुँचे तो आपने

देखा कि पूरा घर मेहमानों से भरा हुआ है। ऐसे समय पर आप अकेले रहना, अपने साथ रहना पसंद करते परंतु मेहमानों को घर में देखकर आपके दिमाग को पता नहीं चलता कि अब कैसी प्रतिक्रिया दी जाए? ऐसे में हो सकता है कि आप तिलमिला जाएँ और घटना से भागने की कोशिश करें। ऐसे समय पर आप अपनी भावनाओं को उभरते हुए देख सकते थे और उनका मूल्य कितना है, इस पर मनन कर सकते थे। ऐसा करना, आपको इस घटना में तनावमुक्त व शांतिपूर्ण रहने में मदद कर सकता था।

३. अपनी कंपनी का बहुत सारा कार्य करने के बावजूद आपकी जगह, आपके अन्य सहकर्मी को उन सभी कार्यों का श्रेय दिया गया। आपको किसी ने नहीं सराहा। आपके दिमाग में 'श्रेय प्राप्ति' पहले की भावना पहले से ही घर कर चुकी थी और अब आप उसे पाने के लिए ललचा रहे थे। आपके न्यूरल मार्ग को पहले से ही संकेत मिल चुका था कि आपको श्रेय मिलनेवाला है। ऐसे में जब किसी और को श्रेय मिल जाता है तो आपके दिमाग को संकेत मिलता है कि यह अनपेक्षित घटना है और न्यूरल मार्ग द्वारा क्रोध उत्पन्न होने लगता है।

इस घटना में आप क्रोध की जगह अलग प्रतिक्रिया दे सकते थे। आप अपने मित्र की सफलता पर खुशी मना सकते थे। ऐसा करने से सकारात्मक भावनाओं से आपका तालमेल बैठ जाता और आपकी सफलता का मार्ग खुल जाता। गुस्सा करने से आप नकारात्मकता की ओर बढ़ते हैं।

४. एक शांतिपूर्ण इतवार के दिन आप घर पर अकेले बैठे हैं। अचानक एक पुरानी बात आपको याद आती है और आप मायूस हो जाते हैं। ऐसे समय पर आपको लगता है कि दुःखी होना सही है। जबकि आज दुःखी होकर आप भविष्य के लिए दुःख के बीज बो रहे हैं। बजाय दुःखी होने के, आप खुशी को चुनें क्योंकि खुशी की भावना रखने से आप अपने दिमाग को ऐसी घटनाओं में खुश रहने का संकेत दे रहे हैं।

५. आप एक मीटिंग बुलाते हैं और उस मीटिंग में कोई भी उपस्थित नहीं रहता। ऐसे समय पर आप नाराज़गी महसूस करेंगे। ऐसा महसूस करके आप केवल स्वयं को तकलीफ पहुँचाएँगे। दूसरों को क्या करना चाहिए, इस पर नियंत्रण रखने के बजाय यह सोचें कि 'इस वक्त मुझे मेरी भावनाओं पर कैसे नियंत्रण रखना चाहिए?' कुछ भी हो जाए परंतु खुशी की भावना को न छोड़ें क्योंकि खुश रहकर आप दर्शाते हैं कि आप अपना आदर करते हैं।

६. एक प्रोजेक्ट, जिस पर आपकी उम्मीदें टिकी थीं, अचानक वह आपके हाथ से निकल जाता है और आपके भविष्य के सपने धरे के धरे रह जाते हैं। ऐसे समय पर आप दुःखी और उदास महसूस करेंगे। आपका शरीर भी इन भावनाओं के अनुसार संकेत देगा। ऐसे में आप इस घटना को स्वीकार करके शांतिपूर्ण महसूस कर सकते हैं। फील फुल्ली - स्वयं को पूरी तरह महसूस करें। जैसे ही भावनाओं का अवेग खत्म हो जाए वैसे ही शांत मन से आप सोच-विचार कर सकते हैं। इस समस्या के समाधानों पर विचार करके, सबसे उपयुक्त समाधान पर कार्य करना शुरू कर सकते हैं।

७. आप अपने व्यस्त शेड्यूल से समय निकालकर, एक पारिवारिक समारोह में जाते हैं। वहाँ आपको कोई ध्यान नहीं देता। ऐसे समय पर आप अकेला और उपेक्षित महसूस करते हैं। आप वहाँ आने के अपने निर्णय को कोसते हैं। आप सोचते हैं कि 'यहाँ आने के बजाय मैं फलाँ महत्वपूर्ण काम को पूरा कर लेता तो अच्छा होता।'

ऐसे समय पर स्वयं से पूछें कि 'यदि मुझे यहाँ ध्यान मिला होता तो क्या मेरे मन में ऐसे विचार आए होते?' नहीं आए होते। अब समझ जाएँ कि यह मेरे दिमाग में बना हुआ न्यूरल मार्ग है जो ऐसी भावनाओं को उत्पन्न कर रहा है। आपके दिमाग ने जानकारी को सही तरीके से समझा नहीं है इसलिए आपको ऐसे भाव महसूस हो रहे हैं।

पारिवारिक समारोह में उपस्थित रहने का निर्णय आपका था। यह निर्णय लेते वक्त आपको जो खुशी महसूस हुई थी, उसे आप अभी भी महसूस कर सकते हैं। आपकी खुशी किसी बाहरी चीज़ पर निर्भर नहीं है। दिमाग को यह बयान देने के बाद आप खुश महसूस करने लगेंगे। हो सकता है कि आपकी खुशी देखकर लोग आपके पास आ जाएँ परंतु वह बोनस होगा।

जैसे ही आप अपनी भावनाओं को बदलते हैं, वैसे ही आपका दिमाग नई प्रोग्रामिंग के साथ तैयार होता जाता है। अब वे ही पुरानी घटनाएँ आपके जीवन में नई संभावनाओं के द्वार खोलने लगेगी।

**आध्यात्मिक समझ :** इमोशन और फीलिंग के बीच का फर्क समझें। एक घटना होती है तो उसके बाद आते हैं- इमोशन्स। फिर आपने उस घटना के बारे में सोचना शुरू किया। अब आपने उस घटना पर की स्टैम्पिंग, फिर बनाई कथा और उस कथा से आप दुःखी हुए। मान लें कि दुःखी होने के बाद, आपने सोचा कि 'ये दुःख मेरा विकास करने के लिए आया है', ऐसा सोचते ही आपको कैसी फीलिंग आएगी! बस, यही सेल्फ की फीलिंग है।

यहीं पर यदि आप नकारात्मक सोचते हैं कि 'ये तो हमेशा ऐसा ही चलनेवाला है... मेरे साथ ऐसा ही होनेवाला है', तो जो दुःख आएगा, वह भी सेल्फ की फीलिंग है। यह कैसे? इसे समझें। सेल्फ जब आपकी नकारात्मक सोच को देखता है तब वह आपको दुःख की फीलिंग देकर बताता है कि 'ऐसा नहीं है'। दुःख की फीलिंग देकर सेल्फ आपको जगाना चाहता है। **सेल्फ जब आपको जगा रहा है तो वह फीलिंग है और जब मन दुःख मना रहा है तो वह इमोशन है।** दोनों में यह फर्क है।

जब भी घटना हो तो तुरंत स्वयं को बताएँ कि 'यह घटना मुझे बता रही है कि मुझे कैसा जीवन चाहिए। मुझे ऐसा जीवन चाहिए जिसमें सकारात्मक घटनाएँ हों, न कि ऐसी नकारात्मक घटनाएँ।' ये विचार लाते ही सेल्फ से शाबाशी आती है और यह शाबशी है 'अच्छी फीलिंग'। अच्छी फीलिंग देकर सेल्फ आपको शाबाशी देता है कि 'तुम सही जा रहे हो, जारी रखो!'

सेल्फ की फीलिंग में रहकर घटनाओं पर सही क्रिया करने की प्रेरणा आपको मिलेगी। इससे आपके दिमाग में नए न्यूरल मार्ग बनेंगे और आप नकारात्मक भावनाओं के बोझ से मुक्त होने लगेंगे।

खण्ड २
# भावनाओं से मुक्ति के उपाय
## भावनात्मक रूप से परिपक्व कैसे बनें

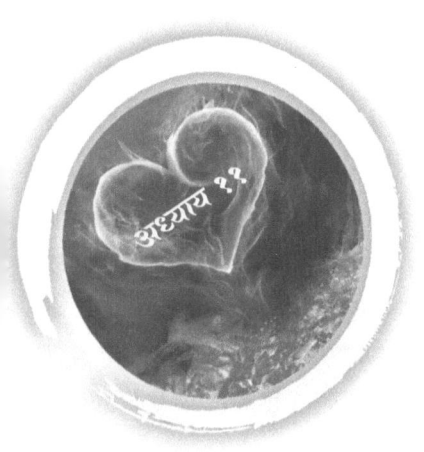

# भावनात्मक परिपक्वता कैसे लाएँ

## खेल भावना रखें

अकसर इंसान की पूरी ज़िंदगी सिमट जाती है, उस एक व्यक्ति में जो उसकी मदद नहीं करता, जो उसे नहीं सुनता। बस फिर क्या! मन में यह भावना घर कर जाती है कि 'कोई मेरी मदद नहीं करता। सब मुझे ही करना पड़ता है।' मगर ईमानदारी से इस पर सोचकर देखें कि हमारी बातों में कितनी सच्चाई है।

वाकई बिना हमारे कुछ किए भी हमें कितनी चीज़ों का सहयोग मिलता है तब जाकर हम जी पाते हैं। ज़िंदा रहने के लिए हमारी साँस स्वतः ही चल रही है, न कि हमें याद करके साँस लेनी पड़ती है। कुदरत से हमें हर चीज़ का भरपूर और मुफ्त में सहयोग मिल रहा है– सूरज की रोशनी, हवा, पानी आदि। कहने का अर्थ हमें अनगिनत चीज़ों का दसों दिशाओं से सहयोग मिलता रहता है लेकिन हम उसके लिए हर समय दुःखी रहते हैं जो हमें नहीं मिला, जो कुछ हमें मिला है उसकी हम कद्र ही नहीं करते। अतः जब भी विचार आए कि 'सब कुछ मुझे ही करना पड़ता है' तब थोड़ा रुकें, मनन करें।

हालाँकि खोटे-मोटे इमोशन्स तो फिर भी आएँगे। ऐसे में यह तय करना है कि उनकी तरफदारी नहीं करनी है। शुरू में मन बड़बड़ करेगा, खीझेगा लेकिन ठान लो कि

इन इमोशन्स की तरफदारी नहीं करनी है। इस आदत से नकारात्मक भावनाओं की लहरों में विराम लगेगा। यहीं से आपकी मुक्ति की शुरुआत होगी।

इस यात्रा में भावनाएँ रुकावट बनेंगी लेकिन आपको दृढ़ता से यह सोचना है कि मुझे इसकी तरफदारी नहीं करनी है। जैसे एक विद्यार्थी कहता है कि 'सभी शिक्षक मेरे दुश्मन हैं।' ऐसा वह इसलिए कहता है क्योंकि उसके मन में यह भावना जमी बैठी है। उसे करना क्या चाहिए? उसे भावनाओं की तरफदारी किए बिना यह सोचना चाहिए कि सभी दुश्मन उसके शिक्षक हैं। वास्तव में इस विचार की तरफदारी करो कि हर कोई हमें सीखा रहा है। हरेक यहाँ शिक्षक है।

भावनाएँ तो उभरेंगी लेकिन तुरंत उनकी तरफदारी मत करो... उसमें बह मत जाओ... उसे सच्चा मानकर दुःखी मत हो जाओ... रुको, थोड़ा विराम दो... देखो आगे क्या है...!

हम धीरज के अभाव में किसी भी घटना का सच जाने बिना उस पर आँख बंद कर विश्वास कर लेते हैं और तुरंत अपनी प्रतिक्रिया दे डालते हैं। भावनाओं में बहकर यह भूल जाते हैं कि यह अंतिम समय नहीं है। आनेवाला समय बेहतर हो सकता है। जो आज और अभी है वह 'हरि इच्छा' पार्ट वन है। आनेवाला समय कुछ और लेकर आएगा। जब यह विश्वास हो जाता है कि हर कार्य दिव्य योजना के अनुसार ही होगा तब हम धीरज के साथ प्रतीक्षा करते हैं और फिर हमें आश्चर्यजनक परिणाम देखने को मिलते हैं।

लोग आज को ही जीवन का अंतिम सत्य मान लेते हैं लेकिन वक्त में क्या छिपा है, यह कोई नहीं जानता। आगे का जीवन जाने बिना लोग दुःखी होते रहते हैं। बस कुछ भी मन मुताबिक नहीं हुआ कि दुःखी होना शुरू। दुःखी होने के बजाय यह कहें कि 'वेट, वॉच विथ वंडर... रुकें, देखें... आश्चर्य के साथ। अर्थात अपने विचारों और भावनाओं को थोड़ा विराम दें। देखें तो आगे क्या होता है?' आपको अप्रत्याशित परिणाम देखने को मिलेंगे।

जिन भावनाओं को हम उभरने नहीं देते, उन्हें हम दबा देते हैं। बस यही दबी हुई भावनाएँ हमारे व्यक्तित्व को नुकसान पहुँचाती हैं। शुरू-शुरू में तो शरीर सब कुछ सह लेता है, लोग उसका ध्यान नहीं रखते। लेकिन उसकी भी एक सीमा है। फिर धीरे-धीरे शरीर जवाब देने लगता है। शरीर के कमज़ोर अंग और कमज़ोर होने लगते हैं और एक दिन उन्हें रोग जकड़ लेते हैं। जिस तरह शरीर एक हारमोनियम की तरह बजते-बजते

पहले हिलना शुरू होता है। लेकिन हम उसकी परवाह किए बिना उसे बजाते जाते हैं, उसी तरह शरीर को भावनाओं के बोझ तले दबा देते हैं।

भावनाओं में बहकर लोग बड़े से बड़ा अपराध तक कर डालते हैं। यहाँ तक की हत्या भी क्योंकि भावनात्मक बुद्धिमत्ता का प्रशिक्षण मिला ही नहीं। जबकि यह स्कूली शिक्षा का अंग होना चाहिए। बच्चों में भावनाओं की समझ बढ़ानी चाहिए। अच्छे स्वास्थ्य के लिए भी यह ज़रूरी है वरना भावनात्मक संतुलन के अभाव में शरीर रोगग्रस्त हो जाता है। केवल अपनी भावनाओं को समझना ही ज़रूरी नहीं बल्कि दूसरों की भावनाओं को समझना भी ज़रूरी है तभी हम सीख पाएँगे कि लोगों से कैसे व्यवहार करें।

भावनाओं की गाँठों को खोलने के लिए मन से सभी गाँठों को हटाना ज़रूरी है।

## भावनात्मक परिपक्वता सीखें

शारीरिक कमज़ोरी की तरह ही मानसिक कमज़ोरी को भी दूर करना स्वयं हमारे हाथ में होता है। मानसिक कमज़ोरी का मुख्य कारण है- भावनात्मक अपरिपक्वता। जहाँ इंसान अपनी भावनाओं का दास बन जाता है, जबकि उसे भावनाओं का स्वामी होना चाहिए। भावनात्मक रूप से मज़बूती पाने के लिए इंसान को अपनी भावनाओं का सामना सही तरीके से करना सीखना होगा। अकसर इंसान की भिन्न-भिन्न भावनाएँ ही उसके मन से खेलते रहती हैं मगर अब समय आया है कि इंसान अपनी भावनाओं से खेले...! कैसे? इस बात को समझने के लिए आगे दिए गए तुमनेश के उदाहरण पर गौर करें।

तुमनेश मंदिर के बाहर फूल बेचता था। वह दुःखी था क्योंकि उसकी दुकान पर कम लोग आते थे, जिस वजह से उसके फूल भी कम बिकते थे। तुमनेश अपनी यही व्यथा लेकर एक दिन गुरुजी के पास गया। गुरुजी ने उसे सलाह दी कि 'फूल बेचने के काम को काम नहीं, खेल समझो। आज के ज़माने में बच्चों से लेकर बुजुर्गों तक सभी कंप्यूटर पर गेम खेलना पसंद करते हैं। तुम भी काम करते समय उसे इस तरह से करो मानो कंप्यूटर पर गेम खेल रहे हो।'

गुरुजी के आदेश अनुसार आज तुमनेश को काम, काम की तरह नहीं बल्कि किसी खेल की तरह खेलना था... एक नया प्रयोग करना था। इसलिए हर बार की

तरह 'फूल खरीदो-फूल खरीदो' कहने के बजाय अब उसने एक नई पंक्ति का इस्तेमाल किया। वह पंक्ति थी- 'नई महक खरीदो, फूलों की महक खरीदो।' इस अनोखी पंक्ति की वजह से लोग कुतूहल से उसकी दुकान की तरफ देखने लगे। फिर दूसरे दिन तुमनेश ने एक और नई पंक्ति का इस्तेमाल किया- 'गुलदस्ता सस्ता है, सस्ता गुलदस्ता खरीदो।' इस पंक्ति की वजह से लोग उत्सुकतावश तुमनेश की दुकान से फूल खरीदने लगे। अब वह रोज़ एक नई पंक्ति कहकर, काम को काम नहीं बल्कि खेल समझकर खेलने लगा। कोई फूल खरीदे या न खरीदे, तुमनेश निराश नहीं होता बल्कि आनंदपूर्वक अपना काम (खेल) जारी रखता।

यह कहानी प्रतिकात्मक रूप से लिखी गई है। इस कहानी में दुकान यानी इंसान का शरीर, ग्राहक यानी भावनाएँ और तुमनेश यानी हम खुद जो इन ग्राहकों रूपी भावनाओं को आते-जाते देखते हैं, उनकी बातें सुनते हैं। भावनाओं की तरह ही ग्राहक भी अलग-अलग तरह के होते हैं। कोई ग्राहक दुकान पर आते-आते चला जाता है तो कोई दुकान पर आकर भी फूल नहीं खरीदता। कोई ध्यान देता है तो कोई कुछ देर बाद ध्यान हटा लेता है। मगर अब तुमनेश ने अपने काम का तरीका (अपनी भावनाओं को देखने का दृष्टिकोण) बदलकर, ग्राहकों (भावनाओं) का सही तरीके से सामना करना सीख लिया था।

पहले जब उसके फूल कम बिकते थे तो वह दुःखी, परेशान और चिंतित रहता। जिस कारण वह बीमार भी रहता। लेकिन अब ग्राहकों की संख्या में बढ़ोतरी होने की वजह से वह खुश रहने लगा था, उसकी कमाई भी ज़्यादा होने लगी थी।

तुमनेश का दिलचस्प अंदाज़ देख उसके ग्राहक दिनों-दिन बढ़ने लगे थे। कुछ ही दिनों में ग्राहकों की संख्या इतनी बढ़ गई कि अब वह उन्हें संभाल नहीं पा रहा था। तुमनेश की यह परिस्थिति देख भीड़ में लोग उसे मूर्ख बनाकर कभी फूल चुराकर ले चले जाते तो कभी गल्ले से पैसे निकालकर चुपचाप निकल जाते। कभी-कभी तो लोग झूठ भी बोलते कि 'पैसे तो दे दिए, मैंने तो सौ का नोट दिया।'

यह परिस्थिति तुमनेश से संभली नहीं जा रही थी। फलतः लोगों (भावनाओं) ने फूलवाले को ही फूल (मूर्ख) बनाना शुरू कर दिया। जैसे आगे दिए गए चुटकुले में एक लड़का दुकानदार को मूर्ख बनाता है।

एक लड़का दुकान पर गया, उसने ४५ रुपए का सामान खरीदा और ५ रुपए का नोट आगे बढ़ाया। इस नोट पर उसने ५ के आगे ० बना दिया था। नोट देते हुए

उसने दुकानदार से कहा- 'यह लो पचास रुपए।' दुकानदार ने नोट देखी और लड़के से बोला- 'खुद को ज़्यादा सयाना समझता है...!' फिर दुकानदार ने पचास का नोट आगे बढ़ाया, जिस पर उसने ० काट दिया था और लड़के के पास बढ़ाकर कहा- 'ये लो पाँच रुपए।' इस तरह दुकानदार मूर्खता की मिसाल बन गया।

तुमनेश भी भावनाओं के शिकंजे में आकर मूर्ख बन रहा था। अब ग्राहक तो बढ़ गए थे पर मुनाफा कम हो गया था। तुमनेश फिर से दुःख, परेशानी, चिंता और बीमारी का शिकार बन रहा था...।

परेशानियाँ हद से ज़्यादा बढ़ने के कारण वह फिर गुरुजी के पास गया और अपनी समस्या बताई। इस पर गुरुजी ने उसे उपाय बताया- 'अब तुम अपने लिए तीन नौकर रखो- सुमेर, सुमन और संजू।'

यहाँ, सुमेर- समझ का प्रतीक है, सुमन- समदृष्टि का और संजू- सजगता का। भावनाओं को देखना सीखना है तो ये तीन बातें (समझ, समदृष्टि और सजगता) हमेशा आपके साथ होनी चाहिए।

सुमेर यानी समझ के होने से इंसान खरे-खोटे भावनाओं में अंतर करना सीखता है, खोटे भावनाओं को पहचानकर, उनकी तरफदारी करने से बच जाता है।

दूसरा नौकर **सुमन**, सभी भावनाओं को समदृष्टि (समता) से देखने की याद दिलाता है। भावनाओं को देखने की कला में प्रभुत्त्व पाने के लिए सुमन दुःख और सुख को समान दृष्टि से देखना सिखाता है। समदृष्टि यानी **सम (सेम)-भावना।** अर्थात सभी भावनाओं को समान देख पाने की संभावना।

तीसरा नौकर **संजू यानी सजगता,** सभी भावनाओं को होश में देखने की कला से अवगत कराता है। इंसान को भावनाओं में बहने से बचाता है।

दुकान (शरीर) पर आनेवाले ग्राहकों (भावनाओं) द्वारा फँसे जाने के कारण ही तुमनेश उपरोक्त तीन नौकरों से मदद लेता है। अब भावनाओं का हमला होते ही ये तीनों उसे आगाह कर देते हैं कि 'तुम्हें सब कुछ शांत होकर देखना है। मालिक, सीजन चल रही है, ऑक्सीजन चल रही है!' यह कहकर तीनों नौकर तुमनेश को याद दिलाते हैं कि भावनाओं का हमला होते ही अपनी साँस पर ध्यान देना है, कुछ सेकंड साँस की गति को देखना है। साँस की गति साधारण (नॉर्मल) होते ही फिर काम करना है, खेल खेलना है। इसका अर्थ है, भावनाओं को परदे की स्क्रीन की भाँति लेना चाहिए। जिस

प्रकार स्क्रीन पर चलचित्र (पिक्चर) का कोई प्रभाव नहीं पड़ता, उसी प्रकार इंसान पर भी भावनाओं का कोई प्रभाव नहीं पड़ना चाहिए।

अकसर लोग बुरी खबर को साँस रोककर सुनते हैं। जिस कारण वह भावना जमकर इंसान के अंदर जम जाती है, जो भविष्य में गाँठें बनाती हैं। यही गाँठें व्यक्ति की तकलीफ का कारण भी बनती हैं। इसलिए इंसान को किसी भी परिस्थिति में सामान्य और शांत बने रहना है। साथ ही बुरी खबर सुनते हुए भी साधारण गति से ही साँस लेनी है।

भावनाओं का दर्शन कर आपको यह भी ध्यान रखना है कि हर ग्राहक रूपी इमोशन कुछ न कुछ देकर ही जाए, आपका खज़ाना बढ़ाकर ही जाए। तुमनेश के ग्राहकों की तरह गल्ले से पैसे चुराकर न जाए। जब हर ग्राहक कुछ न कुछ योगदान करेगा तब ही आनंद बढ़ेगा। कहने का अर्थ जब ग्राहक रूपी भावनाएँ आपको दु:खी, विचलित नहीं कर रही हैं, आपकी चिंता और परेशानी का कारण नहीं बन रही हैं, आपको मूर्ख नहीं बना रही हैं तब आप कह सकते हैं कि आपको भावनाओं को सही ढंग से देखना, उन्हें समझना, उनसे डील करना आ गया। अब हर परिस्थिति में साँस सामान्य रूप से चलेगी। अर्थात अब कोई भी भावना आपकी साँस रोक नहीं पाएगी।

इस तरह समझ, समदृष्टि और सजगता की मदद से अब आपके अंदर से एक ही स्वर निकलेगा- 'प्रेम, आनंद, मौन।' शरीर के रोम-रोम में यही आवाज़ गूँजेगी- सबके अंदर कौन? प्रेम, आनंद, मौन। आपके हर व्यवहार में प्रेम, आनंद, मौन की ही झलक दिखेगी। हर पल, हर घड़ी, बस एक ही अभिव्यक्ति- प्रेम, आनंद, मौन। कोई भी इमोशन आए, तन और मन एक ही भजन गाएगा- सबके अंदर कौन? प्रेम, आनंद, मौन।

प्रेम, आनंद, मौन केवल कहना और मन से स्वतः उच्चरित होना, ये दो सर्वथा भिन्न बातें हैं। यह अंदर से निकलना तभी संभव है, जब आप इमोशन्स को समझना शुरू करेंगे। हर कहीं कई इमोशन्स मिलेंगे। घर से बाहर निकलते ही, घर के भीतर भी। हर इमोशन के आने पर कहना है- 'प्रेम, आनंद, मौन।' रास्ता खराब हो या किसी ने कुछ कह दिया, यही दोहराना है, 'प्रेम, आनंद, मौन।'

अर्थात हर घटना में हमें बस समझ, समदृष्टि और सजगता का प्रयोग करना है। हर भावना को खेल समझना है और हर काम को खेल समझकर खेलना है। इसी से सारी उलझनें सुलझेंगी और मन में भर जाएगा- 'प्रेम, आनंद, मौन।'

## इमोशन्स को खेल करके लें

केवल भावनाएँ ही अलग-अलग प्रकार की नहीं होती बल्कि व्यक्ति भी अलग-अलग प्रकार के होते हैं, सबके अनुभव भिन्न-भिन्न होते हैं। इसीलिए हर घटना पर हर व्यक्ति अलग तरह से प्रतिक्रिया देता है। वास्तव में देखें तो ये ज़रूरी भी है क्योंकि भावनाओं की प्रतिक्रिया अंदर मौजूद गाँठों यानी पूर्वानुभावों का परिणाम होती हैं तो यह एक जैसी कैसे हो सकती हैं?

मानो, दुकान पर आए किसी ग्राहक ने कहा- 'मैं मंदिर का पुजारी हूँ, मुझे दक्षिणा दो' और तुमनेश दक्षिणा दे देता है। जबकि गुरुजी के आदेशानुसार दक्षिणा नहीं देनी है क्योंकि ग्राहक के रूप में जो इमोशन्स आएँगे, वे कुछ लेने नहीं, देने आएँगे। वे खज़ाना भरने और तुमनेश को परिपक्व बनाने आएँगे। ये इमोशन्स सच्चे नहीं, खोटे हैं। इनमें आपको फँसना, उलझना या बहना नहीं है। न ही इन्हें सच्चा मानकर इनकी तरफदारी करनी है।

हर भावना का सामना अलग तरीके से करना है क्योंकि हर भावना अलग है, उसका प्रभाव अलग है, उसका स्थान अलग है। जैसे दुकान में अलग-अलग फूल बताए गए हैं। अलग-अलग ग्राहक को अलग-अलग फूल देना है। अर्थात अलग-अलग भावनाओं को अलग-अलग तरीके से देखना है, उनसे अलग तरीके से व्यवहार करना है।

जिसके चेहरे पर मैल नज़र आए उसे कमल दो, जिसके चेहरे पर तेज में कमी लगे उसे सनफ्लॉवर दो। जिसके बाल बिखरे हों उसे चम्पा या चमेली (की तेल मालिश) और जो खुश नज़र आएँ, उसे गुलाब दो। ये सब फूल भावनाओं के प्रतीक हैं, जिन्हें उनकी ज़रूरतों के अनुसार संतुष्ट करना है। तभी ये भावनाएँ समर्पित हो पाएँगी। जब भावनाओं की संतुष्टि होगी तभी समर्पण होगा और वे जमा नहीं होंगी बल्कि आएँगी और चली जाएँगी। न केवल इतना बल्कि जब दोबारा आपका उन भावनाओं से सामना होगा तब वे आपको कम सताएँगी। अन्यथा भावनाएँ ज़्यादा सताएँगी और उम्र के साथ-साथ दुःख, परेशानी, चिंता बढ़ती जाएगी। इसके विपरीत भावनाओं को देखने की कला सीखने के बाद तन और मन से एक ही भजन गूँजेगा- 'प्रेम, आनंद, मौन' और उसमें से मिलेंगे अनमोल हीरे।

**मनुष्य को हर ठोकर दर्द देती है लेकिन सीख भी देती है, यही सीख हीरा है, हीरे के समान अनमोल है।**

हमें यही सीखना है कि भावनाओं का हमला हमें चोट न पहुँचाए बल्कि और परिपक्व बनाएँ। हर भावना मिटने के लिए ही है। यह अकायम है, अस्थायी है। इसलिए हर भावना को खेल भावना से ही देखें, उनकी गाँठें न बनने पाए।

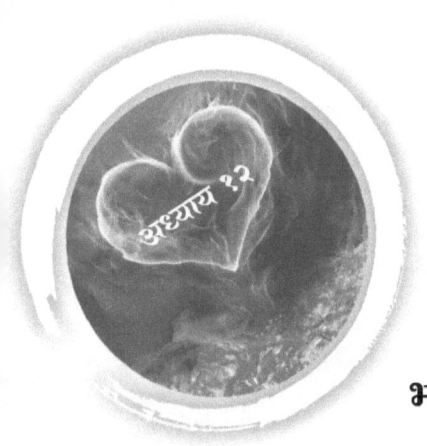

# भावनाओं को मुक्त करने का पहला योग्य तरीका

## योग्य अधिकारी ढूँढ़ें

किसी भी भावना का जब खुलकर सामना किया जाता है तब ही वह कमज़ोर होकर टूटती है अन्यथा ताकत बनकर अंदर ही अंदर इंसान के शरीर को खोखला करती है। जैसे शराबी शराब के नशे में अपनी भावनाओं को खुलकर अभिव्यक्त करता है- उसने कौन-कौन से अपराध किए, कहाँ-कहाँ चोरियाँ कीं, घरवालों को क्या-क्या तकलीफ दी आदि। जब वह ये सब खुलकर बताने और स्वीकार करने लगता है तब वह हलका महसूस करता है क्योंकि बहुत कुछ उसके अंदर दबा हुआ था, जो शराब की मदद से बाहर निकला।

जब तक भावनाएँ अंदर दबी हुई थीं तब तक वे ताकतवर थीं, व्यक्त होते ही उनकी शक्ति नष्ट होने लगी। मगर शराबी इस गलतफहमी में रहता है कि शराब पीने की वजह से वह हलका महसूस कर रहा है। जबकि यह योग्य तरीका नहीं हुआ। बजाय इसके किसी योग्य अधिकारी से अपने मन की बातें बाँटें, अपनी भावनाएँ व्यक्त करें। यह योग्य अधिकारी चाहे आपके भाई-बहन हो, मित्र हो, फादर यानी पिता हो या किसी चर्च के फादर हो। अगर आपसे कोई गलती या अपराध हुआ है तो उसे स्वीकार करें,

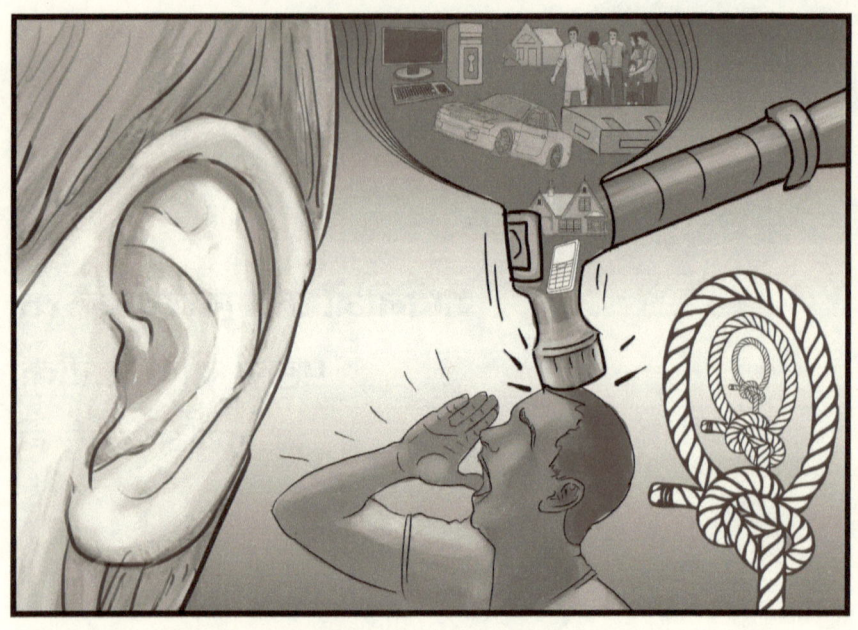

पश्चाताप करें। पश्चाताप करने से भावनाएँ मुक्त हो जाती हैं, मन हलका हो जाता है। वरना लोग शर्म के मारे उन बातों को बाहर न निकालकर, अंदर-ही-अंदर घुटते रहते हैं, जिसके परिणास्वरूप वे बीमारियों के शिकार बन जाते हैं। भावनाओं को झूझने के दो ही पुराने तरीके लोगों को पता हैं - पहला है भावनाओं को दबाना यानी निगलना और दूसरा है भावनाओं को उगलना। अब पुराने दोनों तरीकों को छोड़कर हमें नए योग्य तरीके अपनाने हैं।

अपनी भावनाएँ व्यक्त करने का **पहला योग्य तरीका है योग्य अधिकारी को ढूँढ़ना।** योग्य अधिकारी यानी ऐसा व्यक्ति ढूँढ़ना, जिसे आप अपनी भावनाएँ बताकर हलके हो सकें। जब अपनी भावनाएँ किसी को बता दी जाती हैं तब उनकी शक्ति खत्म हो जाती है। इसलिए अब आपको अपनी भावना व्यक्त करने हेतु एक ऐसा इंसान ढूँढ़ना है, जिसके सामने आपको शर्म या अपराध बोध महसूस न हो। शर्म वास्तव में अंदर ही अंदर शरीर को सड़ाकर, दुर्गंध पैदा करती है। शर्म में केवल तब तक ताकत है, जब तक उसे छिपाया जाता है। जैसे ही उसे व्यक्त किया जाता है, उसकी ताकत समाप्त हो जाती है।

अब सवाल यह है कि योग्य अधिकारी किसे चुना जाए? यह ऐसा इंसान होना

चाहिए जो आपकी बातों को अपने तक ही रखें, उसका दुरुपयोग न करें। वह आपका सच्चा शुभचिंतक हो। आपकी सभी बातें परखकर ही आपको उचित सलाह दे। यदि आपके आस-पास कोई ऐसा व्यक्ति न हो तो एक कागज़ पर अपने मन की बात, दबे हुए इमोशन्स, अपराध बोध आदि सब कुछ लिखकर उस कागज़ को जला दें। बिलकुल उसी तरह जिस तरह क्रोध आने पर कोई मैदान में जाकर चिल्लाता है, कोई बॉस या सास की तसवीर ले जाकर उस पर चिल्लाता है। ऐसा करने से चीखनेवाले को बड़ा आराम मिलता है क्योंकि वह हलका हो जाता है, भावनाओं से मुक्त हो जाता है।

भावनाओं से मुक्ति का यह तरीका योग्य ज़रूर है परंतु अस्थायी है। अस्थायी इसलिए कि कई लोग इस तरीके का दुरुपयोग करते हैं। वे अपने योग्य अधिकारी को इतने फोन करते हैं कि वह भी परेशान हो जाता है। शुरुआत में बाहरी तरीके सहयोग करते हैं लेकिन बाद में पता चलता है कि वे बाहरी तरीके उन्हीं पर ही हावी होने लगे। क्योंकि फिर इंसान उन्हीं पर निर्भर हो जाता है। इसे एक उदाहरण से समझें।

जैसे आप अपने इमोशन से मुक्त होने के लिए जिसे फोन करते थे, वह कल तक आपकी बातें ध्यान से सुनता था लेकिन आज नहीं सुन रहा क्योंकि आज वह स्वयं अपने किसी इमोशन में उलझा है। पहले आप उसके सामने अपनी पूरी भड़ास निकाल देते हैं लेकिन आज उसके अंदर भी भड़ास भरी हुई है, वह भी तकलीफ में है। ऐसी स्थिति आने पर आपको एहसास होता है कि 'मैं तो इस तरीके का गुलाम हो गया था। मैं न तो अपनी मदद कर पा रहा हूँ, न ही सामनेवाले की।' इसीलिए यह ज़रूरी है कि धीरे-धीरे हर इंसान को भावनाओं से मुक्ति के उच्चतम और स्थायी तरीके सीखने चाहिए।

ऐसा ही एक और तरीका है भावनाओं को 'पेइंग गेस्ट' रूपी में देखने का। इसे आप अगले अध्याय में समझेंगे।

# भावनाओं को मुक्त करने का दूसरा योग्य तरीका
## पेइंग गेस्ट

भावनाओं से मुक्ति का दूसरा योग्य तरीका है, भावनाओं को 'पेइंग गेस्ट' समझकर देखना। आइए, इसे समझें।

जैसे-जैसे आप बड़े होते हैं तो आपके अंदर कभी डर के, कभी माया के तो कभी वासना के इमोशन्स जगते हैं।

जब भी कोई डर का इमोशन आए, उस समय गौर करें कि वह इमोशन आपको अपने शरीर पर कहाँ महसूस हो रहा है। क्योंकि हर इमोशन शरीर पर अलग-अलग जगह पर महसूस होता है।

जैसे जब आपको खुशी महसूस होती है तो उसके लक्षण आपके चेहरे पर दिखते हैं लेकिन वास्तव में वह खुशी आपके तेजस्थान (हृदय) से निकल रही होती है। चेहरा तो बस उसका आउटलेट, दरवाज़ा है। चेहरे से वह सिर्फ झलकती है, नज़र आती है लेकिन हृदय पर वह महसूस होती है।

ठीक इसी तरह जब दु:ख या निराशा का इमोशन आता है तो सीने पर या सीने के नीचे और नाभि के ऊपरवाले हिस्से में महसूस होता है। इसीलिए जब भी कोई इमोशन

आए तो घबराएँ नहीं बल्कि याद रखें कि आपको सिर्फ अपना ध्यानकेंद्र बदलना है और आप यह कर सकते हैं। आपको इमोशन से अपना फोकस हटाकर वापस अपने आध्यात्मिक हृदय पर आना है।

जब आप कुछ देर के लिए खुद को उस इमोशन से अलग कर लेते हैं तो उसकी शक्ति कम होने लगती है। परंतु जब आप खुद को उससे अलग नहीं कर पाते तो उसे शक्ति मिलती है और उसकी बैटरी चार्ज हो जाती है। इसलिए आपको कुछ देर के लिए उसकी बैटरी बाहर निकालनी आनी चाहिए। और फोकस हटाने की कला, उस इमोशन को साक्षी भाव से देखने की कला सीखकर आप आसानी से ऐसा कर सकते हैं।

शरीर पर उभरी भावनाओं को 'पेइंग गेस्ट' करके देखना सीखें। आप जानते हैं कि पेइंग गेस्ट कुछ समय तक ही रहते हैं और फिर चले जाते हैं। जब आप इमोशन्स को 'पेइंग गेस्ट' करके जानेंगे तो उनकी शक्ति धीरे-धीरे कम होने लगेगी और फिर वे स्वत: ही विलिन हो जाएँगे।

इस दौरान कुछ भावनाएँ ऐसी भी होंगी, जो ज़्यादा देर तक रुकेंगी, उन्हें विलीन होने के लिए थोड़ा ज़्यादा समय लगेगा। लेकिन फिक्र न करें, आखिरकार वे भी चली जाएँगी क्योंकि वे पेइंग गेस्ट हैं।

एक बात और, जब कोई पेइंग गेस्ट आपके घर से जाता है तो आप उसे

किराया नहीं देते बल्कि उसे आपको किराया देना होता है। लेकिन लोग ठीक उलटा करते हैं, इमोशन रूपी पेइंग गेस्ट को ही किराया दे देते हैं।

दरअसल लोग अपने इमोशन पर ही फोकस कर दुःखी होते हैं, उसे कायम मानकर दुःख मनाते हैं। आप दुःख मनाते हैं तो इसका अर्थ है कि आपने ही किराया दिया। इमोशन से किराया वसूल करने का अर्थ है कि जब वह जाए तो आप उससे कुछ सीख लें। अगर आप उसके कारण पृथ्वी लक्ष्य के लिए तैयार हो रहे हैं, इमोशन्स से निपटना सीख रहे हैं तो इसका अर्थ है कि वह आपको किराया दे रहा है। लेकिन अगर आप नहीं सीख रहे हैं तो इसका अर्थ है कि वह आपसे किराया ले रहा है। यह तो कोई समझदारी नहीं है कि कोई किराएदार आपके घर पर रहकर जाए, ऊपर से जाते समय आपसे किराया भी लेकर जाए। इसलिए खुद को याद दिलाएँ कि 'किराया तो मुझे लेना है।' इसके लिए ज़रूरी है कि चाहे जो भी इमोशन आए, आप उससे घबराएँ नहीं। बस खुद से कहें कि 'यह पेइंग गेस्ट है और यह ज़ल्द ही चला जाएगा। लेकिन जब तक यह है, तब तक मुझे अलग होकर, इसे साक्षी भाव से देखना है, अपने हृदय पर रहना है।'

अगर आप इस बात को कभी भूल भी जाएँ तो खुद को फिर से याद दिलाएँ। क्योंकि सचेत रहने (माइंडफुलनेस) के साथ-साथ स्मरण कराना (रिमाइंडफुलनेस) और पुनः स्मरण कराना (री-रिमाइंडफुलनेस) भी आवश्यक है। बस इस तरह सहजता से आनंदित होकर (प्लेफुली) इन इमोशन्स को देखते जाएँ। इस तरह जब उनकी बैटरी निकल जाएगी तो वे विलीन होना शुरू हो जाएँगे। वे अधिक समय तक तभी रुकते हैं, जब आप उन पर मोहित होकर, ध्यान देकर, दुःख मनाकर उनकी बैटरी चार्ज करते हैं।

निरंतरता से भावनाओं को स्वयं से अलग होकर, पेइंग गेस्ट की तरह देखना जारी रखें। फिर आप देखेंगे कि धीरे-धीरे आप इस कला में पारंगत होते जा रहे हैं। फिर विचार, भावनाएँ मानो आपके दास बन जाएँगे। निरंतरता से यह करते रहेंगे तो नकारात्मक विचारों और भावनाओं से होनेवाली तकलीफ धीरे-धीरे खत्म हो जाएगी।

उम्र बढ़ने के साथ-साथ शरीर में अलग-अलग भावनाएँ आती हैं लेकिन वे भी आपको कुछ सिखाने के लिए ही आती हैं। कुछ लोग भावनाओं को दुश्मन समझकर उनसे लड़ते रहते हैं। अगर आप कामना, वासना, नफरत और डर जैसे इमोशन्स के साथ लड़ेंगे तो इससे उन्हें ताकत ही मिलेगी। आपको तो बस यह कहना है कि 'मैं ईश्वर की संपत्ति (अंश) हूँ, कोई दुःखद भावना मुझे परेशान नहीं कर सकती।' इससे आपका ध्यान सकारात्मक पहलू पर होगा, हृदय पर होगा, जो समझ आपको मिली है उस पर होगा, सीखने पर होगा। ऐसा होने से दुःखद भावनाओं की शक्ति स्वतः ही समाप्त हो जाएगी।

# भावनाओं को मुक्त करने का तीसरा योग्य तरीका

## स्वयं से सही सवाल पूछें

इंसान के अंदर भावनाओं, संवेदनाओं का सैलाब उफनता रहता है। हर घटना में, हर इंसान के व्यवहार के साथ कुछ अच्छी, बुरी भावनाएँ सदा मन में रहती हैं। किसी ने कुछ भला-बुरा कह दिया तो सीने पर दबाव सा बना रहता है। डर की भावना है तो पेट पर दबाव रहता है। ज़िम्मेदारी का बोझ है तो वह पीठ और कंधों पर अपना असर दिखाता है। कुल मिलाकर कहीं पर भी अच्छी भावना नहीं होती। नकारात्मक भावों से बचने के लिए मन दूसरों पर इल्ज़ाम लगाता है, बड़बड़ करता है क्योंकि इससे मन को थोड़ी देर के लिए राहत मिलती है। उसे भावनाओं से मुक्त होने का और कोई तरीका मालूम ही नहीं होता।

जब भी अंदर कोई नकारात्मक भावना उभरे तो तुरंत स्वयं से यह सवाल पूछें, 'क्या यह वहम है, तथ्य है, सत्य है या तेजसत्य (दिव्य सत्य, डिवाइन ट्रुथ) है?' सही सवाल में बहुत शक्ति होती है। जो लोग सही सवाल पूछते हैं, वे ज़िंदगी में आगे बढ़ते हैं। इतना ही नहीं वे दुःखी जीवन से मुक्ति भी प्राप्त करते हैं।

**वहम, तथ्य, सत्य और तेजसत्य क्या है?**

वहम, तथ्य और सत्य तीनों अलग हैं। वहम का अर्थ है भ्रम, जो दिखता सत्य जैसा है मगर होता नहीं है। उदाहरण के लिए पानी में लंबी मगर आधी लकड़ी डालो तो इंसान को वहम होता है कि बीच से वह टेढ़ी है परंतु होती नहीं है। अंधेरे में रस्सी भी साँप होने का वहम पैदा कर सकती है, खूँटी पर टंगा हुआ कोट भूत नज़र आ सकता है।

तथ्य का अर्थ है, 'फैक्टस'। तथ्य सिद्ध करने के लिए आपके पास तर्क होते हैं, अनुभव होते हैं मगर फिर भी ज़रूरी नहीं कि हर तथ्य, सत्य ही हो। जिन्होंने विज्ञान नहीं पढ़ा, उन्हें धरती पर चलते-फिरते कभी लगेगा ही नहीं कि धरती गोल है। उनके पास तथ्य होंगे कि धरती सीधी व समतल है और वे भी सीधे खड़े हैं। इसके निचले एवं बाजू के हिस्सेवाले देशों जैसे भारत में भी लोग कहते हैं कि हम सीधे खड़े हैं क्योंकि उनकी आँखों के सामने यही तथ्य है। उनका शरीर भी यही महसूस कर रहा है। फिर भी इसके विपरीत सत्य कुछ और है। वास्तव में गुरुत्वाकर्षण की शक्ति से धरती से उलटा लटका इंसान, टेढ़ा खड़ा इंसान भी खुद को सीधा खड़ा हुआ ही मान रहा है।

जैसे धरती के सूरज की परिक्रमा से या सूरज के आगे बादल आने पर सूरज के अस्त होने का वहम होता है। रात को तो यह तथ्य ही बन जाता है कि सूरज अस्त हो गया है। जबकि सत्य यह है कि सूरज उदय या अस्त नहीं होता वह तो निरंतर एक सा ही है। हमारी स्थिति ही परिवर्तित होती रहती है, जिससे रात को हम उसे देख नहीं पाते। चाँद की कलाएँ भी अलग-अलग दिन बदल जाती हैं। कभी वह पूरा दिखता है, कभी आधा ...मगर सत्य यही है कि वह जैसा है वैसा ही रहता है, न घटता है, न बढ़ता है।

इसी तरह इंसान का सबसे बड़ा वहम है कि शरीर मिटते ही उसकी मृत्यु हो जाती है। उसके लिए यही तथ्य भी है क्योंकि शरीर के मिटते ही तथाकथित मृतक लोग दिखने बंद हो जाते हैं। लेकिन सत्य यही है कि उनका जीवन सूक्ष्म शरीर के साथ बना रहता है और आगे की यात्रा जारी रखता है।

इन तीनों से ऊपर एक तेजसत्य है। तेजसत्य यह है कि जन्म और मृत्यु जैसी कोई चीज़ है ही नहीं। एक ही चेतना है जो अलग-अलग रूपों में चारों ओर प्रकाशित हो रही है और लीला कर रही है।

अत: जब भी कभी आपको दुःखी करनेवाली भावनाएँ आएँ तब सजग हो जाएँ और तुरंत खुद से पूछें- 'कहीं यह मेरा वहम तो नहीं है, क्या एक विचार में इतनी ताकत है, जो मुझे दुःखी कर सकता है, दुःखी करने के पीछे इस विचार के कौन से तथ्य हैं, क्या यह सत्य है या तेजसत्य है?' इसी तरह के अन्य सवाल पूछकर सत्य को सामने लाएँ। जैसे- 'दुःख क्या है, क्यों होता है, कहाँ से आता है, हम दुःखी और परेशान क्यों होते रहते हैं?'

यदि छोटी-छोटी घटनाओं में दुःख की भावनाएँ उमड़ आती हैं तो इसका अर्थ ज़रूर हमारे अंदर कुछ मान्यताएँ, धोखा, अज्ञान, बेहोशी या कुछ और घुस आया है जो हमें दुःखी कर जाता है। इन प्रश्नों का हल ढूँढ़ने के लिए हमें खुद से सही सवाल करना होगा, स्वयं से बात करने का तरीका सीखना होगा।

मान लें, आपको किसी ने भला-बुरा कहा तो आप तुरंत कह देते हैं कि 'लोग बुरे हैं।' ऐसे समय पर खुद से तुरंत सवाल पूछें, 'क्या यह वहम है, तथ्य है, सत्य है या तेजसत्य (दिव्य सत्य, डिवाइन ट्रुथ) है?' यह विचार कि 'लोग बुरे हैं', आपके जीवन

में बुरे लोगों को आकर्षित कर सकता है क्योंकि जैसे विचार होंगे, वैसे ही फल आएँगे। तो क्या यह आपका वहम है या तथ्य है? 'हाँ, तथ्य है', क्योंकि आपको वैसा दिख रहा है, आपके मन के पास ऐसे सबूत हैं जो आपको विश्वास दिलाते हैं कि लोग बुरे हैं। यहाँ सत्य कहता है- **लोग बुरे नहीं हैं बल्कि वे अपनी वृत्तियों से मजबूर हैं। उनकी वृत्तियाँ उन्हें बुरा करने और बनने पर विवश करती हैं।**

अब समझें कि इसमें तेजसत्य क्या है? तेजसत्य यह है कि 'सभी ईश्वर की लीला के किरदार हैं। इसलिए कोई अच्छा या बुरा नहीं है।'

मन तो कहेगा कि शायद हाँ, यह सत्य है, तथ्य है। अगर तथ्य में देखें तो बुरा व्यवहार देखकर लगता है कि लोग बुरे हैं मगर सत्य में पता चलता है कि 'लोग बुरे नहीं, मजबूर हैं।' उनके अंदर से जो भी बुरा निकलता है, मजबूरी में निकलता है। क्योंकि वे अपनी भावनाओं से मुक्ति चाहते हैं लेकिन भावनाओं से निकलने का सही तरीका वे नहीं जानते।

जैसे, दशहरे के दिन रावण के पुतले के अंदर पटाखे और बम लगा दिए जाते हैं और रामलीला में एक इंसान रावण की ड्रेस पहनकर उसकी भूमिका कर रहा होता है। जब रावण को जलाते हैं तो उसके अंदर के पटाखे और बम फूटने लगते हैं। और जिसने रावण की ड्रेस पहन रखी है, वह इंसान वैसे ही घूम रहा है। वहाँ रावण के पुतले के अंदर लगे पटाखे फूट रहे होते हैं, यहाँ यह इंसान फूटता रहता है और बड़बड़ाता रहता है, 'अब मैं कैसे खाली हो जाऊँ?' क्योंकि उसके अंदर नकारात्मक भावनाओं के कारण गरमी और धुआँ यानी क्रोध और दुःख भरा हुआ है। वह सोचता है कि इस गरमी और धूएँ को बाहर निकालूँ तो थोड़ा चैन मिले। ऐसे में वह हर किसी पर चिल्लाएगा, बेकार की बड़बड़ करेगा। वह यह सब इसीलिए करता है क्योंकि बेचारा मजबूर है। करे तो क्या करे, उसके अंदर जो चल रहा है, उससे बचने की तड़प में वह ये सब करता है।

जैसे किसी को टॉयलेट जाना हो और सारे टॉयलेट के दरवाज़े बंद हों। आप जानते हैं कि ऐसी स्थिति में इंसान कितना बैचेन हो जाता है। ऐसे में वह किसी पर चिल्लाएगा कि 'कोई व्यवस्था क्यों नहीं करता... यह क्यों नहीं होता... वह क्यों नहीं होता... कितनी बार बताया है, ऐसा होना चाहिए... वैसा होना चाहिए...।' क्योंकि वह बेचारा अंदर से उबल रहा है। अगर यह बात आपको मालूम है कि बेचारा मजबूर है तो

आप यही सोचेंगे कि 'मैं इसकी किस तरह मदद कर सकता हूँ।'

ठीक इसी तरह आपको विचार आए कि 'कहीं मैं गरीब तो नहीं हो जाऊँगा... कहीं किसी ने मेरे अकाउंट से पैसे तो नहीं निकाले... कहीं बैंकवालों से कोई गलती तो नहीं हो जाएगी... वैसे भी आज-कल बहुत धोखेबाज़ी हो रही है...' वगैरह। ऐसे में सबसे पहले शांत हो जाएँ। अब खुद से सही सवाल पूछें- 'क्या यह मेरा वहम है, तथ्य है, सत्य पता लगाकर आता हूँ कि हकीकत क्या है? यूँ ही परेशान होते रहने में कोई हल नहीं निकलेगा और आगे से मैं खर्च करने में भी सावधानी बरतूँगा...।' इस प्रकार आप विचारों की बेवजह परेशानी से खुद को दूर रख सकते हैं। सही सवाल पूछते ही आपका मनन शुरू हो जाएगा। आपको विचार आएगा- 'हो सकता है यह मेरा वहम हो, मैं बैंक जाकर देखकर आता हूँ।'

दुनिया में ऐसे लोग भी हैं, जो बिना पैसे की यात्राएँ करते रहते हैं और पैसे आ गए तो टिकट वहाँ तक की बनवाते हैं, जहाँ तक ट्रेन जा रही है। क्योंकि उन्हें मालूम है कि वहाँ उतरना है, वहाँ से आगे जाने की अलग व्यवस्था है। तो क्या ऐसे लोग गरीब होते हैं? आप उन लोगों को गरीब कहते हैं, जिनके पास कभी पैसा था ही नहीं। ऐसे लोगों के पास जीवन के अंत तक पैसा नहीं था मगर वे खुश रहे। तो क्या वे गरीब थे? या फिर वे गरीब हैं, जिनके पास बहुत पैसे थे, फिर भी जीवनभर दुःखी रहे। अगर आपके पास समझ होगी तो आप कहेंगे कि हाँ ऐसा इंसान गरीब ही है। उसके पास हर काम के लिए पैसे थे, यात्रा भी सिर्फ हवाई जहाज़ से करता था लेकिन फिर भी गरीब था। क्योंकि वह हवाई जहाज़ में जाता था तो भी डर-डर के जाता था कि कहीं हवाई जहाज़ हायजैक न हो, क्रैश न हो जाए वगैरह। उसका एक डर यह भी था कि आज जीवन में पैसा है, कल पता नहीं धन रहेगा कि नहीं रहेगा, कहीं चोरी न हो जाए। यानी वह जीवन भी डरों के साथ ही जीया।

आपका सकारात्मक या नकारात्मक प्रतिसाद एक कर्म (भाव) बीज है, जो भाव के स्तर पर है इसलिए भावनाओं को समझना बेहद ज़रूरी है। यदि आप भावों को समझेंगे तो ही भावनाओं के उभरते ही स्वयं से सही सवाल पूछकर उससे बाहर आ पाएँगे। जब इंसान समझ प्राप्त करके अपनी वृत्तियों से, नकारात्मक विचारों, भावनाओं से मुक्त होता है तो वह एक खुशहाल जीवन जीता है।

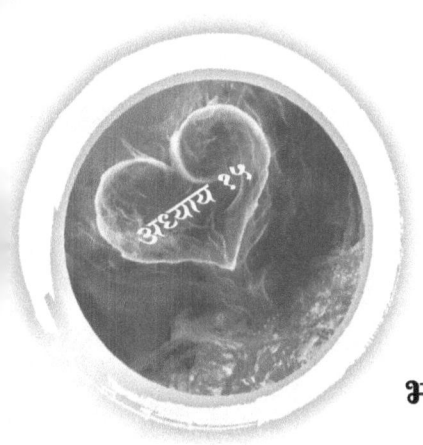

# भावनाओं को मुक्त करने का चौथा योग्य तरीका

## एक शक्तिशाली मंत्र

इंसान जब लोभ-लालच में आकर लोगों के साथ कपट करने लगता है तब वह दोहरा जीवन जीता है। एक जीवन जो वह लोगों को दिखाता है और दूसरा जो वह हकीकत में जीता है। इस तरह वह खंडित जीवन जीता है, जिसे संभालने के लिए उसे पूरी उम्र संघर्ष करना पड़ता है। इस वजह से वह सदा शारीरिक और भावनात्मक तनाव में जीता है। जैसे कुछ लोग अमीर न होते हुए भी दुनिया को दिखाने के लिए उधार माँग-माँगकर रईसी ज़िंदगी जीते रहते हैं। अंततः उनकी असलियत जब खुलती है तब उनके घर भी नीलामी की कगार पर आ जाते हैं। दोहरा जीवन जीनेवाला या मायाजाल में फँसा इंसान स्वयं का अहित तो करता ही है, साथ ही वह जाने-अनजाने में दूसरों को भी कपट करने हेतु प्रेरित करता है।

बाहर बोले जानेवाले झूठ से ज़्यादा खतरनाक वे झूठ होते हैं जो हम खुद से बोलते हैं। जिन्हें बोलते हुए हमें ज़रा भी आभास नहीं होता कि हम झूठ बोल रहे हैं। बाहरी झूठ पकड़ने में फिर भी आसानी होती है, जिस कारण उनसे बचाव अपेक्षाकृत आसान है। जबकि अंदर बोले जानेवाले और माने जानेवाले (रॉन्ग बिलीफ) झूठ को पकड़ना और उनसे बचना मुश्किल होता है। ऐसे झूठ का हमारी आंतरिक स्थिति यानी भावनाओं पर

असर पड़ता है और हम असामान्य महसूस करने लगते हैं।

आंतरिक झूठ से बचने के लिए, इस सवाल का इस्तेमाल करें। यह केवल सवाल नहीं है बल्कि एक बड़ा शक्तिशाली मंत्र है। इसके लिए आपको बस खुद से सच बोलना है। अतः आगे से जब भी जीवन में भावनाएँ उमड़ आएँ या मन कुछ बड़बड़ करे, बहाने बनाए तो खुद से यह सवाल पूछें- 'जो मिला, वह कितने किलो (वज़न) का?'

आपको यह सवाल पढ़ने में कुछ अजीब लगा होगा तो आइए, अब इस सवाल को गहराई से समझते हैं।

ज़रा सोचिए, जीवन में आपको क्या-क्या मिलता है? दुःख मिलता है, सुख मिलता है, दर्द मिलता है, अच्छी-बुरी भावनाएँ मिलती हैं, अच्छे-बुरे दृश्य देखने को मिलते हैं, कुछ शब्द-अपशब्द सुनने को मिलते हैं, प्रशंसा मिलती है, निंदा मिलती है... कुछ न कुछ मिलते ही रहता है तो यह जो कुछ भी मिला, वह कितने किलो (महत्त्व अथवा कष्ट) का है?

खुद से यह सवाल पूछकर इसका सही-सही, पूरा सत्य बताना है, न कि आधा-अधूरा, बढ़ाकर या घटाकर बताना है...। उदाहरण के लिए जब मन कहे, 'अरे बहुत थक गया हूँ' तो खुद से पूछें, 'यह थकान कितने किलो की है, निश्चित कितना थका

हूँ... वाकई बहुत थका हूँ या थोड़ा ही थका हूँ... कौन थका है, कमर थकी है, पैर थके हैं या दिमाग थका है...? हो सकता है थकान बहुत थोड़ी हो, बस सुस्ती छाई हो। शरीर के कुछ ही अंगों में थकावट हो और मैं नारा लगा रहा हूँ, बहुत थक गया, बहुत थक गया।' तो खुद को पूरा सत्य बताना है क्योंकि सत्यवादी सदासुखी होता है।

मानो, आपको कोई दृश्य दिखा जो परेशान कर रहा है, आपने कोई न्यूज़ सुनी जिसने पूरी चेतना ही गिरा दी तो पूछें, 'यह दृश्य या न्यूज़ कितने किलो की है?' यह मुझे ज़्यादा वज़नदार लग रही है, हो सकता है पाँच ग्राम-दस ग्राम की ही हो, कहीं मेरे विचार ही तो इसका वज़न नहीं बढ़ा रहे हैं...?' इस तरह खुद को सत्य बताएँ।

कुछ लोग शब्दों में ज़्यादा अटकते हैं। उदा. सामनेवाले ने ऐसा कहा, बीवी ने वैसा कहा, पति ने बुरा कहा, पड़ोसी ने ऐसा-वैसा कह दिया, बॉस ने अपशब्द कहे...। कई बार कुछ शब्द उन्हें इतने अखरते हैं कि वे ज़िंदगीभर उनसे चिपके रहते हैं। ऐसे में खुद से सवाल पूछें- ऐसी घटनाओं में जो मिला, यह कितने किलो का है? इसके बाद उसकी असलियत खुल जाएगी कि वास्तव में बात इतनी बड़ी नहीं है। हमारा फोकस, हमारे विचार, हमारा अहंकार ही उसे बढ़ा-चढ़ाकर दिखा रहा है।

यदि आपको दुःख हो रहा है यानी कोई नकारात्मक भाव है, जो शरीर में कहीं बैठा है, उसे देखें कि वह कितने किलो (कष्ट) का है? वह शरीर के किस हिस्से में महसूस हो रहा है? सीने पर, नाभि के ऊपर या माथे पर महसूस हो रहा है... किस हिस्से में है? खुद को सत्य बताएँगे तो पता चलेगा कि यह थोड़ा सा ही है और वह भी अस्थायी है। इस तरह गलत भावनाओं की खोजबीन करने पर ज़्यादातर आप पाएँगे कि आपके देखते ही देखते वह भावना चली भी गई।

दुःख के ही नहीं बल्कि सुख के, तारीफ के, क्रेडिट के भावों को भी इस तरह से देखने पर आपकी बेहोशी टूटेगी। आपका उनसे चिपकाव टूटेगा, वे आपको उलझा नहीं सकेंगे। मान लीजिए, किसी ने आपकी झूठी या बढ़ा-चढ़ाकर तारीफ कर दी, 'अरे भाई! क्या लग रहे हो...पूरी पार्टी में तुम्हारे जैसा कोई नहीं दिख रहा है...'। अब आप दिनभर उसे ही सोच-सोचकर फूले नहीं समा रहे हैं। ऐसे में सजगता से उस सुखद फीलिंग की भी पूछताछ कर, सच्चाई से उसका दर्शन करें। इस तरह आप उससे बढ़नेवाले अहंकार को भी स्पष्ट रूप से देख पाएँगे।

इस तरह दिनभर की घटनाओं के साथ यह सवाल पूछकर आपकी सजगता बढ़ेगी।

बातों को बढ़ा-चढ़ाकर या घटाकर बताने की आदत टूटेगी। वरना बढ़ा-चढ़ाकर देखने से इंसान गलत भावों को कई गुना बढ़ा देता है। जो मिला ही नहीं, वह उसे भी भुगतता है। अपनी अच्छाई या बड़ाई को बढ़ा-चढ़ाकर देखने से अहंकार बढ़ता है। इन दोनों ही स्थितियों से बचने के लिए हमें हर घटना में सत्यवादी बनकर खुद से यह सवाल पूछना है, 'जो मिला, वह कितने किलो (महत्त्व अथवा कष्ट) का है?'

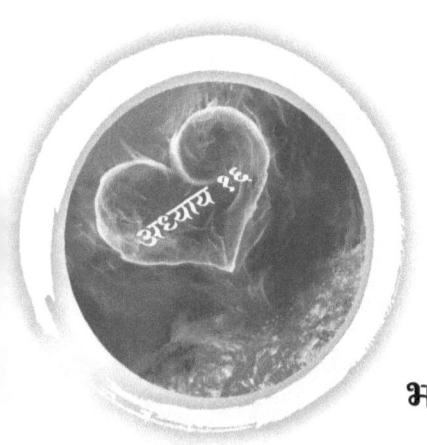

# भावनाओं को मुक्त करने का पाँचवाँ उच्चतम तरीका

ध्यान साधना

मान लीजिए, आप किसी जंगल में अकेले हैं और आपके चारों ओर तरह-तरह के जानवर हैं। आप तक उनके चलने, सरकने की डरावनी आवाज़ें आ रही हैं। ऐसे में स्वाभाविक है कि आप बेहद डर जाएँगे, आपकी साँसें थमने लगेंगी। लेकिन अचानक बिजली के चमकने से जो रोशनी हुई, जिसमें आपने देखा कि आप एक काँच के जार में हैं। आपके चारों ओर काँच का एक बड़ा बरतन है, जिसमें आप सुरक्षित हैं। बस! जैसे ही आपने यह देखा आपका डर समाप्त हो गया क्योंकि आपको यह विश्वास हो गया कि अब आप तक कोई जानवर नहीं पहुँच सकता। हालाँकि थोड़ी देर पहले आपकी ओर साँप और बिच्छू सरक रहे थे, शेर दहाड़ रहा था, आप ये सब सुन भी रहे थे लेकिन अब आप डर से पूर्णतः मुक्त हैं। डर की भावनाओं से मुक्ति का यह चौथा तरीका है, जो आपको अपने दैनंदिन जीवन में अपनाना है।

इसे सीखने के लिए आप सत्य का श्रवण, पठन करें, ध्यान की विधियों से गुज़रें।

ध्यान साधना में निश्चित क्या करना है? फील फुल्ली ऍण्ड फेस यानी पूर्णता

के साथ भावनाओं को महसूस करें। सभी भावनाओं को पूरी तरह अनुभूत करें। धीरे-धीरे आप ये सीख पाएँगे। पहले छोटी-छोटी भावनाओं को पूरी तरह महसूस करें, फिर बड़ी घटनाओं को समझकर उन घटनाओं में उभरनेवाली भावनाओं का अनुभव लें। जब आप इमोशन्स को पूरी तरह अनुभूत करने लगते हैं तब मुक्ति मिलने लगती है और मुक्ति के बाद असफलता के लिए कोई स्थान ही नहीं बचता है। वरना असफलता का परिणाम यह होता है कि इंसान निराशा से घिर जाता है। जो आगे चलकर असफलता को जन्म देती है। देखते ही देखते ऐसे इंसान का पूरा जीवन निराशा और असफलता के चक्र में जकड़ जाता है।

इस दुष्चक्र से बचने के लिए बस हर भावना को पूर्णता के साथ महसूस करें। ये तब तक करना है जब तक भावनाएँ पिघलने न लगें क्योंकि उसके बाद ही भावनाओं से पूर्णतया मुक्ति मिलेगी। बस भावनाओं को जमने नहीं देना है।

ध्यान साधना इसीलिए करनी चाहिए ताकि सब कुछ सहजता से रिलीज़ हो सके। संसार में सारे लोग अपनी-अपनी भावनाओं को रिलीज़ कर रहे हैं, वे भावनाएँ जिन्हें उन्होंने अपने अंदर दबाकर रखा है। कोई गुस्सा रिलीज़ कर रहा है, कोई प्रेम तो कोई वासना रिलीज़ कर रहा है। ध्यान की अच्छी बात यह है कि इसमें सारे भाव पूरी सहजता और सद्भावना से रिलीज़ होते हैं, उससे किसी को तकलीफ नहीं होती।

आप भी देखें कि आपकी कौन सी भावना उभरकर ऊपर आई है। जिस दिन जो इमोशन उभरकर आए, उसे रिलीज़ कर दें। जो लोग ध्यान नहीं करते, उनके इमोशन सहजता से रिलीज़ नहीं हो पाते। फिर वे उन्हें रिलीज़ करने के बाहरी तरीके ढूँढ़ते हैं और इस तरह के विचारों में उलझ जाते हैं कि 'मैं क्या करूँ... जो मैं बोल नहीं पा रहा हूँ, उसे कैसे जताऊँ... किससे कहूँ...' वगैरह। और ऐसे विचारों से सिर्फ उलझनें बढ़ती हैं, कम नहीं होतीं।

ध्यान साधना द्वारा आपके ये विचार खत्म हो जाएँगे और आप भावनाओं को बेहतर तरीके से रिलीज़ कर पाएँगे। आइए, भावना दर्शन ध्यान सीखकर ध्यान साधना करें।

**भावना दर्शन ध्यान**

इस ध्यान की शुरुआत करने से पहले इसे पूरी तरह पढ़कर, समझ लें। फिर ही आगे बढ़ें।

१. आँखें बंद करके तटस्थ भाव से एक साक्षी या दर्शक की भाँति देखें कि कौन सा इमोशन शरीर के किस अंग में बह रहा है? पेट के ऊपर, बगल में, सीने पर या मध्य भाग में, पीठ पर या कहीं और ... ।

२. घटना कोई भी हो, उसे केवल दर्शक की तरह देखें। भावनाओं के साथ कोई लगाव न रखें।

३. नियमित अभ्यास के साथ मौन में बैठकर रोज़ साधना का अभ्यास करें तभी आप सही तरीके से सीखकर मास्टर बन पाएँगे।

४. शरीर में जहाँ-जहाँ भावनाएँ महसूस हो रही हैं, वहाँ-वहाँ ध्यान दें कि कैसा महसूस हो रहा है, हलका या भारी, सुखद या दुःखद, खुशी, आनंद या डर, चिंता, व्याकुलता आदि। बस भावनाओं को केवल अनुभूत करें, बिना अच्छे-बुरे का लेबल लगाएँ।

५. शरीर के हर भाग में चक्कर लगाएँ। इस आंतरिक यात्रा में आपको महसूस होगा कि कोई भी इमोशन स्थायी नहीं है बल्कि अकायम है यानी इस पल है तो अगले पल नहीं है। आज है तो कल नहीं है। बस! शांत दर्शक की भाँति केवल देखें।

६. भीतरी और बाहरी घटनाओं से प्रभावित हुए बिना भावनाओं को महसूस करें। फिर धीरे-धीरे अपनी आँखें खोलें। कुछ क्षण इसी अवस्था में रहकर, आगे के कार्य

की ओर बढ़ें।

ध्यान साधना द्वारा आप अपने इमोशन से बाहर निकलना सीखते हैं। इसके द्वारा आप स्रोत (सच) के नज़दीक जाते हैं। स्रोत के नज़दीक जाते ही आपके इमोशन विलीन होने लगते हैं। आप स्वयं को मुक्त महसूस करते हैं।

जब भी आपको दुःख होता है तो समझ जाएँ कि कुदरत हमें संकेत दे रही है कि 'तुम अपने स्रोत (अपनी उच्चतम विकसित अवस्था) से दूर हो गए हो। अब वापस शिव की गंगा के नीचे आ जाओ यानी वापस सही जगह (स्रोत) पर आओ।' जैसे ही आप वापस गंगा के ठीक नीचे यानी स्रोत के नज़दीक आ जाते हैं, वैसे ही आनंद का झरना बहना शुरू हो जाता है। फिर जीवन में आप जो भी चाहते थे, वे चीज़ें फ्री फ्लो के साथ आपके जीवन में आने लगती हैं।

## ध्यान साधना द्वारा बचपन की भावनाओं से मुक्ति

जब भी बचपन से आपके मन में बसी भावनाएँ अपना सिर उठाएँ तो आपको थोड़ा मनन करके, थोड़ी ध्यान साधना करके खुद को बताना है कि 'मेरे जीवन में जो भी हुआ था, अगर उसका दुःख या डर मैं आज भी लेकर घूम रहा हूँ तो मुझे उसे जाने देना चाहिए।'

बचपन में घटी नकारात्मक घटनाओं और दबे हुए इमोशन्स को रिलीज़ करने के लिए हर दिन कुछ समय निकालकर अपनी आँखें बंद करके बैठें। आपके शरीर पर जो भी इमोशन आते हैं, जमा होते हैं, अंदर दबे हुए हैं, उन सबको 'जाने दो, जाने दो' कहकर रिलीज़ कर दें। इस दौरान यह समझ रखें कि इसमें किसी का दोष नहीं है। इस दौरान धन्यवाद का भाव रखें और अपनी दबी भावनाओं को कहें कि 'खुद को भी और मुझे आज़ाद करने के लिए धन्यवाद।'

आपको 'जाने दो, जाने दो' को बोलकर भी कहना है और अंदर ही अंदर दोहराना भी है। इसके अलावा पूरे दिल से हाथ उठाकर भी इसे दोहरा सकते हैं।

आपके अंदर जो भी जमा हो रहा है, वह इसी तरह निकलेगा। खोटे-मोटे इमोशन्स की तरफदारी करना बंद कर दें। जब भी कोई इमोशन आए तो यह न कहें कि यह सच्चा है। उसे बिना तरफदारी किए, बिना निंदा किए देखना सीखें।

अंत में बचपन में घटी घटनाओं को अपनी आँखों के सामने लाएँ और अपने दोनों हाथ आसमान की ओर उठाकर, बाँहें फैलाकर कहें, 'इन सारी नकारात्मक

घटनाओं को मैं ब्रह्माण्ड में छोड़ रहा हूँ... इन घटनाओं को हमेशा के लिए मुक्त कर रहा हूँ... मैं खुद भी इनसे मुक्त हो चुका हूँ...।' कुछ समय इसी अवस्था में रहें और फिर अपनी आँखें खोलकर रोज़मर्रा के कार्य में जुट जाएँ।

जब तक आप सारी नकारात्मक घटनाओं से, दुःखों और डरों से मुक्त नहीं हो जाते तब तक यह निरंतरता से जारी रखें। इस तरह समझ के साथ अंदर जमा हुई हर चीज़ को जाने दें, मुक्त करें। अज्ञान में आपने जो भी जमा किया, जो कथाएँ बनाई, वे अंदर दबी हुई हैं वे सब मुक्ति चाहती हैं, हमेशा के लिए जाना चाहती हैं। आपके अंदर दबी हुई ये चीज़ें फूट-फूटकर बाहर आना चाहती हैं, जिससे आपका शरीर हिलेगा। यहाँ शरीर हिलने का अर्थ है, कुछ पीड़ाएँ महसूस होना। आपको उन पीड़ाओं से घबराना नहीं है। बस यह याद रखें कि आपको जो भी महसूस हो रहा है, जो भी पीड़ा हो रही है, वह सिर्फ थोड़े समय के लिए है। फिर आप देखेंगे कि सुबह आपको कुछ अलग लग रहा था, जबकि शाम को कुछ अलग लग रहा है। कल जैसा लग रहा था, आज वैसा नहीं लग रहा है। ऐसा इसीलिए होता है क्योंकि कुछ चीज़ें रिलीज़ हो रही हैं और यह कार्य निरंतर चलते रहना चाहिए।

इस दौरान ऐसी बातों में न उलझें कि 'पता नहीं इसमें कितना समय लगेगा... यह सब कैसे होगा... कितना कुछ अंदर जमा हुआ है... पूरी तरह रिलीज़ होना संभव है या नहीं है...' वगैरह-वगैरह। इसके बजाय आप बस निरंतरता से आगे बढ़ते हुए अपने काम में जुटे रहें। यानी जीवन भी चलता रहे और सफाई भी होती रहे। दबे हुए इमोशन्स रिलीज़ करने का यह एक बहुत ही खूबसूरत तरीका है।

हर वह इंसान जो आनंदित रहना चाहता है उसे अपने इमोशन्स को ध्यान साधना के द्वारा देखने की कला सीखनी है और इसका अभ्यास करते हुए धीरे-धीरे इसे साध लेना है। इंसान को दिनभर ऐसे अनेक मौके स्वतः ही मिलते रहते हैं। जो इस बात को एक बार समझ लेता है, वह हर मौके का सही लाभ लेता है।

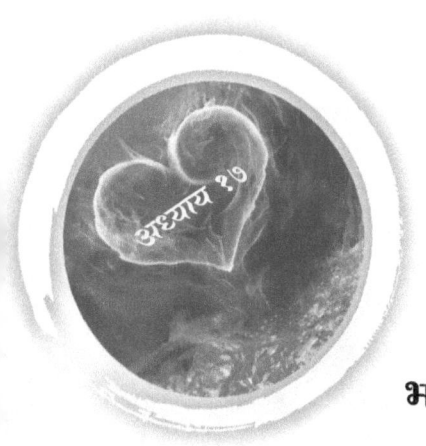

# भावनाओं को मुक्त करने का छठा उच्चतम तरीका

## साक्षी बनें

बचपन से लेकर आज तक अलग-अलग घटनाओं में जो भी भावनाएँ (इमोशन्स) उभरकर आनी चाहिए थीं, वे अंदर ही कहीं गहरी दब गई हैं। हर घटना में, हर इंसान के व्यवहार के साथ शरीर पर कुछ अच्छी तो कुछ बुरी यानी नकारात्मक भावनाएँ उभरती हैं। इंसान को अपने ही शरीर पर उभरी नकारात्मक भावनाएँ पसंद नहीं आती हैं इसीलिए उन भावनाओं को भगाने के लिए वह पलायन करता है। चूँकि वह लगातार कई सालों से उन भावनाओं से भाग रहा है इसीलिए वे दब गई हैं। क्योंकि इंसान को पता ही नहीं है कि उसे भावनाओं को कैसे देखना है।

अब आप इन भावनाओं को देखने की कला सीख रहे हैं और यह समझ रहे हैं कि अगर कोई भावना उभरकर आती है तो उससे भागना नहीं है बल्कि उसे साक्षी भाव से देखना है। जब हम भावना से भागते हैं तो वह धीरे-धीरे और ताकतवर हो जाती है। लेकिन जब उसे स्वीकार कर लेते हैं, उसे साक्षी भाव से देखने लगते हैं तो उसकी शक्ति कम हो जाती है। जब भी आपको लगे कि कोई बुरी या तकलीफदेह भावना उभर रही है तो उससे भागने के बजाय उसे साक्षी भाव (अलगाव) से देखें कि 'यह भावना तो आते-जाते रहती है, ज़्यादा समय तक नहीं रहती है तो देखते हैं कि कितनी देर तक

रहती है?' जब आप उसे इस तरह देखते हैं तो आप यह देखने में भी सक्षम हो जाते हैं कि वह भावना पूरे शरीर में कहाँ-कहाँ पर महसूस हो रही है।

दरअसल आपका शरीर भावनाओं के ज़रिए आपसे संवाद कर रहा होता है इसीलिए आपको अपनी भावनाओं को देखना सीखना है, भले ही वे आपको पसंद आएँ या नहीं।

जैसे जब घर का कोई बच्चा चित्र बनाता है तो वह आपके पास आकर ज़िद करता है कि 'मेरा चित्र देखो।' आप बोलते हैं कि 'अभी नहीं, मैं काम कर रहा हूँ, थोड़ी देर बाद देखता हूँ।' बाद में आप उसका चित्र देखते हैं। आम तौर पर आपको उसका चित्र पसंद नहीं आता क्योंकि वह चित्र बनाने में अभी कच्चा है, आड़ी-टेढ़ी लाइनें खींच देता है। लेकिन फिर भी वह चित्र उस बच्चे की नज़र में बहुत सुंदर है। इसलिए भले ही आपको उसका चित्र पसंद न आए लेकिन फिर भी आप उसे गौर से देखते हैं और बच्चे से कहते हैं, 'बहुत अच्छा चित्र बनाया है।'

ठीक इसी तरह आपको अपने शरीर पर उभरी भावना को भी देखना है। वह जैसी है, उसे वैसे ही देखना है, अच्छे-बुरे का कोई लेबल नहीं लगाना है। क्योंकि शरीर में अलग-अलग स्थितियों में अलग-अलग भावनाओं का आना सामान्य बात है। जैसे ही कोई भावना उभरेगी और आप उसे साक्षी भाव से देख लेंगे तो वह आगे तकलीफ नहीं

देगी। आपको अपनी भावनाओं को साक्षी भाव से देखने की कला में माहिर होना है ताकि आपके पास इन्हें अपने अंदर दबाकर रखने का कोई कारण बचे ही नहीं। आपको तो बस इन भावनाओं को मुक्त (रिलीज़) करके आनंदित रहना है।

**विचारों के दबाव को साक्षी बनकर देखें**

नकारात्मक विचार आम तौर पर दुःख और ग्लानि पैदा करते हैं, जिससे इंसान को परेशानी होती है। इसलिए जब भी ऐसे विचार आएँ तो स्वयं से पूछें कि 'ये विचार शरीर पर कहाँ उठ रहे हैं?' गौर करें कि आपके शरीर पर इनका दबाव या दुःखद भाव कहाँ महसूस हो रहा है। देखें कि यह नाभि पर महसूस हो रहा है या छाती के नीचे, कंधों पर या आँखों पर। जब आपको पता चल जाए कि यह दबाव किस हिस्से पर है तो उसे आपको बस देखना है, उसका साक्षी बनना है। न तो उसे भगाना है और न टिकाने की कोशिश करनी है, बस देखना है।

दरअसल जो विचार आपके अंदर दबा होता है, वह ऊपर उठ रहा होता है, इसे जब आप साक्षी भाव से देखेंगे, तभी यह विलीन होगा। यही कला है। आम तौर पर लोग ऐसे विचारों से भागते हैं। जब भी ऐसा कुछ महसूस होता है तो इंसान कभी टी. वी. देखने लगता है, कभी अखबार पढ़ने लगता है या किसी और चीज़ (शराब) में मन लगाने की कोशिश करता है। जबकि ऐसा करने से वह विचार और तीव्र होने लगता है। इसलिए उससे भागने की कोशिश न करें, सिर्फ उसे देखें।

आप इससे भागने के बजाय उलटा इसे निमित्त बनाकर आगे बढ़ें। लेकिन जब तक यह स्पष्टता नहीं होगी, तब तक इसे निमित्त बनाना संभव नहीं है। इसी स्पष्टता को पाने के लिए आपको गौर करना है कि ऐसे विचार शरीर पर कहाँ-कहाँ महसूस होते हैं। फिर आपको उसकी ओर सिर्फ साक्षी भाव से, वह जैसा है वैसा ही देखना है।

अगर किसी विचार की तीव्रता इतनी ज़्यादा है कि आपके लिए उसे साक्षी भाव से देखना संभव नहीं हो पा रहा है तो खुद से कहें कि 'इसे मैं एक डिब्बे में डाल रहा हूँ और ब्रह्माण्ड की ओर फेंक रहा हूँ।' यानी आपको उस विचार को आकार, रंग, प्रकार वगैरह देना है और फिर डिब्बे में भरकर ब्रह्माण्ड की ओर फेंकने की कल्पना करनी है। ऐसा करने पर आपको आश्चर्य होगा क्योंकि आप देखेंगे कि उस विचार का आप पर उभरा दबाव भी समाप्त हो गया और उससे मुक्ति भी मिल गई।

जब तक आपको अपने विचारों को सही तरीके से देखने की कला नहीं आ जाती, जब तक आप साँप को भी सीढ़ी बनाना नहीं सीख जाते, तब तक ऐसे अलग-अलग

तरीके इस्तेमाल करते रहें। बस यह याद रखें कि आपको अपने किसी विचार से झगड़ा नहीं करना है, उसका विरोध नहीं करना है कि 'ऐसा क्यों हुआ, मेरे साथ ऐसा नहीं होना चाहिए' वगैरह। अगर वह विचार और उसका दबाव है तो है, और उसे साक्षी भाव से देखकर विलीन किया जा सकता है।

जैसे आप जिस लैपटॉप का इस्तेमाल करते हैं, अगर उसमें कोई विंडो बार-बार पॉपअप होती है तो आप उसे बंद करने का तरीका ढूँढ़ते हैं, उसी तरह आप जिस शरीर का इस्तेमाल कर रहे हैं, उसके दबावों को समाप्त करने का तरीका है, विचारों को सही तरीके से देखना। आपको ऐसे ही अन्य रचनात्मक तरीके का उपयोग करना आना चाहिए।

**समस्याओं को साक्षी बनकर देखें**

जब हमारा मन बार-बार समस्या के विचारों का विरोध करता है तो वे विचार वहीं टिक जाते हैं। इसलिए जब भी ऐसे विचार आएँ तो सबसे पहले उन्हें स्वीकार करें, अनुमति दें। फिर यह गौर करें कि शरीर पर कहाँ-कहाँ उन विचारों का असर (इमोशन) महसूस हो रहा है। यहाँ असर का अर्थ है शरीर के किसी हिस्से में कोई दबाव, खिंचाव या किसी नकारात्मक भाव का महसूस होना। इस दबाव पर, भाव पर अच्छे या बुरे का लेबल लगाए बिना, आपको सिर्फ उन्हें जानना है।

कई बार इंसान जब इन इमोशन्स को देखना नहीं चाहता तो वे बार-बार उभरकर आते हैं। वे हमेशा के लिए विलीन हो जाएँ, इसके लिए उन्हें साक्षी भाव से देखना सीखें। यह बात सभी के लिए महत्वपूर्ण है। हमारे अंदर कुछ इमोशन्स ऐसे होते हैं या कुछ घटनाएँ इस तरह अंदर दबी होती हैं कि कभी-कभी वे अचानक उभरती हैं। लेकिन अगर उन्हें साक्षी भाव से देखा जाए तो वे धीरे-धीरे विलीन हो जाती हैं। परंतु ज़्यादातर लोग या तो उन्हें अंदर ही दबा लेते हैं या फिर चीख-चिल्लाकर, गुस्सा या दुःखी होकर उनसे कुछ समय के लिए राहत पाने का प्रयास करते हैं, जिससे उलटा वे समस्याएँ बढ़ते ही जाती हैं।

समस्याओं के इन इमोशन्स को हमेशा के लिए विलीन करने के लिए उन्हें ऐसे देखना है, जैसे आप किसी शरारती बच्चे को देखते हैं, बिना कोई लेबल लगाए। जब आप ऐसा करेंगे तो पाएँगे कि अगली बार उनका असर बहुत कम हो गया है। इस तरह धीरे-धीरे उनसे मुक्ति मिलने लगती है।

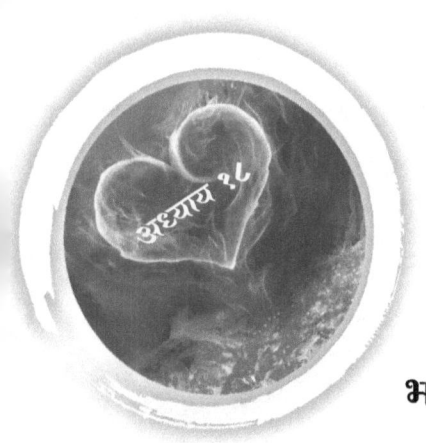

# भावनाओं को मुक्त करने का सातवाँ उच्चतम तरीका

## स्वयं को शरीर न मानें

इंसान स्वयं को शरीर मानकर जी रहा है, यही सबसे बड़ा कारण है कि शरीर में उभरी भावनाएँ उसे तकलीफ देती हैं। दरअसल हम जो असल में हैं वह तो पहले से ही मुक्त है, उसे कोई भावना परेशान नहीं कर सकती। यह मूल बात यदि पकड़ में आ गई तो सारी परेशानियाँ, भावनाएँ एक साथ विलीन हो सकती हैं।

इमोशन सिर्फ शरीर पर होता है, असल में जो आप (सेल्फ, चैतन्य) हैं उस पर नहीं और शरीर पर भी वह स्थायी नहीं होता। आप देखते हैं कि हर रोज़ ढेर सारे इमोशन्स शरीर पर आते-जाते रहते हैं। यदि आप जीवन के पहले दिन से लेकर आज तक आए इमोशन्स की गिनती करेंगे तो करोड़ों इमोशन्स होंगे। क्योंकि वे रुकते नहीं हैं, स्थायी नहीं हैं, आते-जाते रहते हैं। इस बात को समझना ही परिपक्वता है।

जिस तरह जब किसी बच्चे में परिपक्वता आ जाती है तो वह चूड़ियों के टुकड़े, रंगीन कागज़ के टुकड़े आदि को जमा कर अपनी जेब में रखना बंद कर देता है। उसी तरह आप भी खुद से कहेंगे कि 'मुझे भी इमोशन में अटकना, उसमें बहना बंद करना है। इमोशन आता है तो आए और जाता है तो जाए।' इंसान का चुनाव ऐसा ही होना चाहिए, वही उसके लिए बेहतर है।

दरअसल इंसान सोचता है कि 'शरीर इसी तरह अच्छा-अच्छा महसूस करे तो ही मेरे लिए बेहतर है।' यही सोचकर वह या तो उन भावनाओं को भगाने की कोशिश करता है या उससे भागने की कोशिश में व्यसनों में फँस जाता है। दरअसल वह यह जानता ही नहीं कि इन भावनाओं को कैसे देखना चाहिए। भावनाओं से जूझने का काम, उन्हें भगाने की कोशिश करने का काम किसी कुत्ते की दुम को सीधा करने जितना ही अर्थहीन है। ऐसा काम करने में कोई समझदारी नहीं है। आप यदि अब तक अनजाने में ऐसा कार्य करते आ रहे हैं तो अब उसे तुरंत छोड़ दें। कैसे? आइए, इसे एक उदाहरण से समझते हैं।

आप किसी असंभव पहेली का हल ढूंढ़ रहे हैं और कोई आपसे आकर कहता है कि 'इस पहेली का हल न ढूँढ़ना ही इसका हल है', तो आप फौरन उसका हल ढूंढ़ना छोड़ देंगे। इमोशन के बारे में भी कुछ ऐसा ही है। जिस दिन आपको यह एहसास हो जाता है कि वह कितना अर्थहीन है, आप उससे जूझना छोड़ देते हैं। वरना आप कोई भी काम कर रहे हों, कितने भी व्यस्त हों, बस के टिकट की कतार में लगे हों या ऑफिस का ढेर सारा काम निपटा रहे हों, तब भी आप किसी न किसी इमोशन से जूझने में लगे रहते थे, जबकि उसकी कोई ज़रूरत ही नहीं थी। जिसका हल निकलनेवाला नहीं है, उसका हल निकालने में उलझे रहना मूर्खता है।

हालाँकि आम तौर पर जब तक इंसान को स्वयं यह एहसास नहीं हो जाता, वह

इस बात को नहीं मानता। जब उससे कहा जाता है कि इमोशन शरीर पर चल रहा है, उससे जूझना नहीं है, उसका हल नहीं निकालना है तो वह यही जवाब देता है, 'तुम क्या जानो मैं कैसा महसूस करता हूँ। मेरा दुःख मैं ही जानता हूँ।' इसीलिए इंसान को सबसे पहले यह एहसास (बोध) होना चाहिए और यह बोध तब होता है, जब वह भावनाओं को देखने की कला सीखता है।

आपको अपने शरीर पर उभरी भावनाओं को अलग होकर साक्षी भाव से देखना है, जानना है और यह समझना है कि भावना आप पर नहीं, शरीर पर, उस औज़ार पर आया है, जिसका आप इस्तेमाल करते हैं। शरीर आपका औज़ार है। फिर स्वयं से यह सवाल पूछें कि 'क्या इमोशन आने के बाद भी मेरा यह औज़ार अपना काम कर सकता है?' जवाब आएगा, 'हाँ, कर सकता है।' उसके बाद अपने शरीर को कुछ मिनटों के लिए आँखें बंद करके बिठाएँ और उसे इमोशन दिखाकर यह एहसास कराएँ कि 'तुम्हें वह जितना बड़ा लग रहा है, उतना बड़ा नहीं है, बहुत छोटा सा है।' आपको यह कला सीखनी है।

जैसे बारिश के मौसम में कोई चिल्लाता है, 'अरे... साँप आया, साँप आया', लेकिन जब आप जाकर देखते हैं तो पता चलता है कि वह तो बहुत छोटा और पतला सा साँप है, जो सिर्फ बारिश के मौसम में निकलता है, पानी में रहता है और ज़हरीला भी नहीं होता। फिर आपको लगता है कि वह आदमी जिस तरह डर के मारे 'साँप आया, साँप आया' करके ज़ोर से चिल्ला रहा था, उतना बड़ा तो वह था ही नहीं। जब आपको यह एहसास हो जाएगा तो आप उसे अधिक महत्त्व नहीं देंगे।

ठीक इसी तरह इमोशन को आपको अधिक महत्त्व नहीं देना है। जब आपको एहसास होता है कि यह इमोशन तो बहुत छोटा सा है तब आप तय करते हैं कि 'मैं जो काम करने जा रहा हूँ, उसे मैं इस इमोशन के कारण रोकूँगा नहीं क्योंकि इमोशन इतना बड़ा है ही नहीं, जिसके लिए कोई काम रोका जाए। इमोशन के बावजूद भी काम हो सकता है, कोई निर्णय लेना है तो लिया जा सकता है।'

जैसे यदि आप मंदिर जा रहे हैं तो इमोशन के बावजूद भी जा सकते हैं या आप किसी की मदद करनेवाले थे तो कर सकते हैं, कोई भी इमोशन आपको रोक नहीं सकता। क्योंकि वह सिर्फ शरीर पर आया है, आप पर नहीं। शरीर अपना काम करता रहेगा, आप अपना काम करते रहिए। शरीर उसे अपने हिसाब से विलीन करने में लगा रहेगा और आप अपना काम पूरा करने में लगे रहेंगे। हाँ, यदि आप शरीर की मदद करना चाहते हैं तो लंबी-लंबी साँस लें, आराम करें, शरीर को कुछ समय के लिए ध्यान में बिठाएँ। जब जैसा संभव हो, वैसा करें। जब आप ऐसा करेंगे तो पाएँगे कि आपका कोई

काम किसी इमोशन के कारण अटक नहीं रहा है, सब कुछ आसानी से हो रहा है। जीवन जैसा चल रहा था, वैसा चल रहा है। इमोशन आ रहा है, जा रहा है और आपका काम भी पूरा हो रहा है। आपका काम है, इमोशन को उसके अपने प्रवाह के साथ आने और जाने देना। न तो उसे दबाना है और न ही किसी दूसरे पर निकालना है। जब आपको यह स्पष्ट हो जाएगा तो आपके जीवन पर इसका बहुत ही सकारात्मक असर पड़ेगा।

परंतु जब इंसान ऐसा नहीं करता तो वह इसी बात में उलझा रहता है, 'यह इमोशन न आए, वह इमोशन न आए।' पर इमोशन तो आता है, फिर वह उससे जूझता है, लड़ता है, कुत्ते की दुम को सीधा करने में लगा रहता है और स्वयं को व्यर्थ ही परेशान करता रहता है। अगर इंसान किसी दिन किसी इमोशन से जीत भी जाए, कुत्ते की दुम को किसी दिन सीधा भी कर दे तो भी कोई बड़ा चमत्कार नहीं हो जाता। उसके बाद भी कुत्ता तो कुत्ता ही रहेगा और इमोशन भी इमोशन ही रहेगा। वह फिर से आएगा और चला भी जाएगा। जब आप ईमानदारी से इस पर मनन करेंगे तो पाएँगे कि इमोशन से जूझना व्यर्थ है क्योंकि उससे कोई फर्क नहीं पड़ता है। इमोशन के आने के बाद भी आप तो वैसे ही हैं।

वास्तव में इमोशन कुदरत के फीडबैक देने का एक तरीका है। उसमें आप खोट न निकालें, उसमें अपनी कथा न डालें। जैसे अगर कोई आपको प्रसाद दे और आप देखें कि उसमें कंकड़ है। फिर भी आप उसमें थोड़ा सा भूसा मिलाकर फ्रिज में रख दें और कहें कि 'इसे रात में खाएँगे' तो देखनेवाला आपसे यही पूछेगा कि 'अरे राम प्यारे यह क्या कर रहे हो? प्रसाद में कंकड़ दिखाई दिया, ऊपर से उसमें भूसा डाल रहे हो? क्यों भई?' यह तो ऐसा ही हुआ जैसे कि आपके शरीर पर इमोशन आया और आपने उस पर अपनी कथा बनाकर, यह सोचकर अपने पास रख दिया कि जब समय मिलेगा तो इसे निकालकर सब कुछ फिर से याद करेंगे और दुःखभरे गीत गाएँगे कि 'क्या से क्या हो गया।'

जबकि ऐसा करने की कोई ज़रूरत ही नहीं है। आपको तो बस उसे साक्षी (अलगाव) भाव से देखना है। उस समय अगर आप कोई कविता लिख रहे हैं तो उसमें भी कोई परेशानी नहीं है, इमोशन आने के बाद भी आप कविता लिखना जारी रख सकते हैं। उलटा इमोशन की वजह से उस कविता में थोड़ा और निखार आ सकता है। इसका अर्थ है कि कुदरत ने आपको एक तरह का इंतज़ाम करके दिया है।

आप कविता लिख रहे हैं और उसी समय कोई इमोशन आया है। वह इमोशन आपसे कहता है, 'तुम्हें नौकरी से निकाल दिया जाएगा।' तो इस पर आपको कहना है, 'एक तरफ नौकरी से निकाला जाना और दूसरी तरफ यह कविता! अब देखते हैं कि इन

दोनों को मिलाने से क्या बनकर सामने आता है।' यानी आप पहले कविता लिखने का कार्य पूरा करेंगे और फिर जो करना होगा, वह करेंगे।

कार्य चाहे कविता लिखने का हो या कोई और हो, इमोशन के आने से उस कार्य को बंद न करें। क्योंकि वह कार्य आपके आनंद की अभिव्यक्ति से जुड़ा है।

## शरीर रूपी आइने का उपयोग करें

शरीर में उलझने से बचने के लिए आपको स्वयं से कहना है कि 'मैं अपने शरीर रूपी आइने का सही उपयोग करूँगा।' अगर वह आइना किसी इमोशन के कारण से गरम हो जाए, तब भी उसके सामने खड़े होने पर आपको आपकी शक्ल दिखाई देगी। आइने के गरम होने के बाद भी स्वयं का दर्शन इसलिए संभव होगा क्योंकि आप उस आइने से थोड़ा दूर खड़े होंगे। कभी आपके शरीर में गुस्से का इमोशन आया हो यानी आपका आइना गरम हो तो भी वह आपको आपका दर्शन करवा सकता है। सिर्फ आपको यह याद आना महत्वपूर्ण है कि 'गुस्से से भरा हुआ शरीर, विचारों से भरा हुआ शरीर होने के बाद भी मुझे इसमें अपना दर्शन करना है।

जब आप ध्यान में बैठते हैं तो आपका शरीर विचारों से भरा होता है, उस समय आपके अंदर विचार ही विचार चलते रहते हैं। ऐसे में आपको खुद को याद दिलाना है कि 'ये विचार मुझे नहीं हैं बल्कि उस आइने के अंदर दौड़ रहे हैं, जिसके सामने मैं खड़ा हूँ।' यहाँ आपका शरीर आइना है, जिसके अंदर विचार, रक्त, साँस सब दौड़ते रहते हैं। लेकिन इस आइने के सामने जो खड़ा है, यानी आप (सेल्फ, चैतन्य), वहाँ कोई विचार नहीं होता, वह तो निर्विचार अवस्था है। जहाँ से सब जाना जा रहा है, जहाँ से इसे साक्षी भाव से जानकर स्वाक्षी बना जा रहा है। जब लोगों में पूरी समझ नहीं होती तो वे साक्षी भाव पर ही रुक जाते हैं, उसके आगे नहीं जा पाते। जबकि वास्तव में साक्षी बनने का एक ही उद्देश्य था, स्वाक्षी बनना। स्वाक्षी यानी स्व का साक्षी बनना, स्व का दर्शन करना।

साक्षी से स्वाक्षी बनने की यह यात्रा दरअसल बुद्धि (हेड) से हृदय (हार्ट) की यात्रा है। इसलिए आइने (शरीर) में गुस्सा हो, विकार हो या विचार हों, फिर भी आइना, आइना ही रहेगा। वह आपको आपका दर्शन करवा सकता है। सिर्फ आपको याद आना चाहिए।

जब भी कोई घटना घटती है तो आपका शरीर इमोशन से भर जाता है और कई बार तो वे इमोशन छलककर बाहर आने लगते हैं, जो लंबे समय से अंदर दबे होते

हैं। फिर आप उस इमोशन से इतना चिपक जाते हैं कि आप पूरा जीवन दु:ख में ही जीते हैं। लेकिन जैसे-जैसे आप स्वयं पर शिफ्ट होते जाएँगे, अंदर दबे हुए इमोशन्स रिलीज़ होना शुरू हो जाएँगे और तमाम गाँठें खुलने लगेंगी।

अंतिम सत्य की समझ मिलने के बाद, आप शरीर से इस दृष्टिकोण से अलग हो पाते हैं कि 'यह सब शरीर पर आए या न आए, इससे मेरे असली अस्तित्त्व पर क्या फर्क पड़ता है।' तभी आप अपनी इस गलत धारणा से मुक्त होते हैं कि शरीर पर इमोशन का न आना या स्वयं पर उसका प्रभाव न पड़ना ही मुक्ति का संकेत है।

अलग-अलग मौसम में शरीर के अंदर अलग-अलग कारक सक्रिय होते हैं, जिससे अलग-अलग किस्म के एहसास होते हैं लेकिन आपको उनसे मुक्त होने की ज़रूरत नहीं है। वे तो प्रकृति के अनुसार आएँगे ही। चूँकि मन को कहीं न कहीं उनसे मुक्त होने की चाहत है इसीलिए वह बार-बार उनका विरोध करता है। आपको इसी चाहत को छोड़ना है। रही बात मान्यताओंवाले इमोशन्स और विकारों की, जैसे नफरत और ईर्ष्या तो याद रखें ये सब इंसान के अंदर इसलिए उठते हैं क्योंकि उसे लगता है कि 'सबको सब कुछ मिल रहा है लेकिन मुझे नहीं मिल रहा है, शायद सामनेवाला मुझसे अलग है।' मुक्ति का अर्थ है, ऐसी धारणाओं का समाप्त होना। शरीर की प्रकृति के अनुसार वात, कफ, पित्त के अनुसार, शरीर में कुछ न कुछ तो जगेगा ही। आपको सिर्फ उनका विरोध करने की धारणा से मुक्त होना है। आपकी समझ यह होनी चाहिए कि 'ऐसा हो या न हो, क्या फर्क पड़ता है।' इसी को सही मायने में मुक्त होना कहते हैं।

अगर मुक्ति की परिभाषा यह होती कि शरीर पर कुछ आएगा ही नहीं तो मुक्ति संभव ही न होती। यहाँ ऐसी मुक्ति की बात हो रही है, जो इन सबके बावजूद भी संभव है। जो सकारात्मकता और नकारात्मकता के बावजूद भी संभव है। जब तक यह बात पूरी तरह ग्रहण नहीं की जाती, तब तक मुक्ति संभव नहीं है। यह बात आप बार-बार समझेंगे और बार-बार ऐसी चाहते उठेंगी कि ऐसा न हो, वैसा न हो लेकिन आपको उसमें फँसना नहीं है।

जब इमोशन्स आने पर ऐसी धारणाएँ आएँ कि 'मैं उलझ गया, मैं तो काबिल ही नहीं' तो उन्हें हथकड़ी (बंधन) की तरह नहीं बल्कि राखी (रक्षा सूत्र) की तरह लेना ही मुक्ति है। समझ यह रखनी है कि इन सबके बावजूद भी आप मुक्त हो सकते हैं। यही वह मिसिंग लिंक है, जिसे समझना सबसे ज़्यादा ज़रूरी है।

# भावनाओं को मुक्त करने का आठवाँ उच्चतम तरीका

## जो चाहिए उस पर ध्यान दें

भावनाएँ शरीर पर उभरती हैं और मन थोड़ा विचलित हो जाता है। वे भावनाएँ समाप्त होने पर मन फिर पहले जैसा हो जाता है। आप जिस शरीर का उपयोग कर रहे हैं, उसमें यह सब होता रहता है। पुरानी याददाश्त (मेमरी), मूड, मौसम, माहौल की वजह से ऐसा होता है। भावनाओं के जिस समुंदर से आप गुज़र रहे हैं, उसकी रेडिएशन की वजह से शरीर में परिवर्तन महसूस होता है, हारमोन्स में बदलाव होते हैं, परिस्थितियाँ बदलती हैं, लोगों का व्यवहार बदलता है। जो लोग कह रहे थे, 'मदद करेंगे' वे कहेंगे, 'हमसे नहीं होगा।' उस वक्त आपको यह समझ रखनी है कि यह कंपन सामान्य है। जो शरीर लेकर आप यात्रा कर रहे हैं, उसमें यह होना सामान्य है। इसे एक उदाहरण द्वारा समझें।

आपको एक हारमोनियम बजाने की बहुत इच्छा है। आप जो हारमोनियम बजाना चाहते हैं, वह आपको कोई लाकर देता है। वह आपसे कहता है, 'देखो यह हारमोनियम बीच-बीच में हिलता है, काँपता है।'

आप कहते हैं, 'कोई बात नहीं, चलेगा।' क्योंकि आपको हारमोनियम

बजाने का, उसकी धुन सुनने का, उसका रियाज़ करने का, उस धुन से समाधि में जाने का उत्साह है। ऐसे में आप उसे यही कहेंगे कि 'हारमोनियम थोड़ा हिलता है तो हिलने दो, थोड़ा काँपता है तो काँपने दो, कोई बात नहीं।'

आप उससे यह नहीं कहेंगे कि 'तुम्हारा हारमोनियम हिलता है, नहीं चाहिए।' क्योंकि उस वक्त आपको साफ-साफ दिख रहा है कि इस हारमोनियम पर मैं कौन सी धुन बजाऊँगा? कौन से गाने कंपोज़ करूँगा, इससे कौन से भजन निकल रहे होंगे और उस धुन के साथ वे गीत कितने प्यारे लगेंगे। यह सोच-सोचकर आप उत्साहित हैं। बीच-बीच में कभी उसमें तरंग उठती है तो कभी कंपन होती है। जैसे आपका मोबाईल जब वाइब्रेशन मोड पर होता है, तब उसमें कैसे कंपन होती है। आप कहेंगे, 'थोड़ी प्रैक्टिस करेंगे तो हारमोनियम की कंपन बंद हो जाएगी, वह स्थिर रहेगा तो अच्छा है मगर फिर भी चलेगा। कंपन है तो हम थोड़ी प्रैक्टिस करेंगे।' प्रैक्टिस करेंगे तभी आप एक्सपर्ट बन पाएँगे।

अब आप हारमोनियम लेकर आए हैं और बजा रहे हैं और हारमोनियम काँपता है मगर आप कहते हैं, 'यह तो हमें पहले ही बताया गया है।' इससे हमें तो कोई फर्क नहीं पड़ता।' मगर सालों के बाद जब आप यह बात भूल जाते हैं तब सोचने लगते हैं कि 'ऐसा नहीं होना चाहिए ... मेरे साथ ही ऐसा क्यों हो

रहा है... यह दुःख की भावना क्यों आई...' आदि।

फिर आप उस दुःख से पलायन करने के लिए किसी व्यसन का सहारा लेते हैं, किसी पर चिल्लाना शुरू कर देते हैं क्योंकि इससे हारमोनियम की कंपन बंद होती है। लोगों को फिर ऐसे शॉर्टकट मिल जाते हैं कि इमोशन आए तो किसी के ऊपर चिल्लाना चाहिए, बड़बड़ करनी चाहिए।

जब वाइब्रेशन हो रही है तब किसी की छोटी सी गलती पर भी आप चिल्लाना शुरू कर देते हैं क्योंकि उससे आपको राहत मिलती है। जबकि पहले आप किसी की ऐसी गलतियों पर कभी चिल्लाते नहीं थे। कुछ लोगों को तो आदत ही हो जाती है, वे बड़बड़ करके अपने इमोशन को रिलीज़ करते हैं। कोई इमोशन आते ही वे आजू-बाजू में जो लोग हैं उन पर चिल्लाना शुरू कर देते हैं। इस तरह इमोशन रिलीज़ होने पर उन्हें अच्छा लगता है। क्योंकि उन्हें किसी ने यह सिखाया ही नहीं कि बिना खुद को और सामनेवाले को तकलीफ दिए भी इमोशन को रिलीज़ किया जा सकता है। अकसर लोग इमोशन आने पर या तो दूसरों को तकलीफ देते हैं या खुद को। जिन लोगों को लगता है कि दूसरे का नुकसान नहीं होना चाहिए, वे सामनेवाले पर चिल्लाएँगे नहीं मगर इमोशन को अंदर दबाकर वे खुद बीमार हो जाते हैं।

इस यात्रा में भावनाओं की यह जानकारी आपको होगी, ज्ञान होगा तो आप भावनाओं से गुज़रते वक्त भी मुस्करा सकते हैं। क्योंकि अब आपको पता है कि थोड़ी देर में यह बँधी हुई भावना मुक्त हो जाएगी, मिट जाएगी, क्षीण हो जाएगी। यह बादलों की तरह तितर-बितर हो जाएगी और आपके मन का आसमान साफ हो जाएगा। यह इसलिए हो पाएगा क्योंकि आपने अपनी भावनाओं के साथ कई बार ऐसा होते हुए देखा है। इसी से आपमें एक परिपक्वता, इमोशनल मैच्युरिटी आती है, जिसे ई.क्यू. भी कहते हैं। इसे एक और उदाहरण से समझते हैं।

जो कैंची आप इस्तेमाल करते हैं, उसमें यदि बीच-बीच में कंपन होती है तो आप यह नहीं कहते कि 'यह कंपन मुझे हो रही है।' आप कहते हैं कि 'कैंची काँप रही है'। आप कैंची से जो काट रहे हैं उसे काटना जारी रखते हैं या ज़्यादा कंपन है तो कुछ क्षण अपना कार्य रोक देते हैं। कंपन कम होने पर फिर कटिंग जारी रखते हैं। फिर अपनी सुंदर क्रिएशन को पूरी करते हैं।

उपर्युक्त उदाहरण में कैंची है आपका शरीर और जो उसका इस्तेमाल कर रहा है, वह है सेल्फ। शरीर में कंपन होने पर यानी भावनाएँ उभरने पर, आपको

यह स्पष्ट देखना आना चाहिए कि यह कंपन शरीर पर हो रही है, मुझे नहीं।

यह सब होमवर्क करके जब आप पृथ्वी की यात्रा करेंगे तो आपकी यात्रा स्मूथ होगी क्योंकि आपको मालूम है कैंची (शरीर) में वाइब्रेशन होगी, हारमोनियम (शरीर) में कंपन होगी, प्लेन में झनझनाहट होगी मगर यह सब मुझसे अलग हैं। जब इन सब बातों का आप पर असर नहीं होगा तो लोग आपसे पूछेंगे कि 'अरे! आप पर तो इन चीज़ों का कुछ असर ही नहीं हो रहा है? यह कैसे संभव है?' तब आप कह पाएँगे, 'हमने पहले से ही होमवर्क कर लिया था। हमें मालूम था कि यह सब तो होने जा रहा है, भावनाएँ उभरनेवाली हैं। इसलिए हम उन्हें अलग होकर देखने की पूरी तैयारी के साथ आए थे।' जब आप भावनाओं को साक्षी बनकर देखना सीख जाएँगे तो देखेंगे कि थोड़ी देर में मन का तूफान शांत हो गया।

कहीं न कहीं इंसान का मन चाहता है कि कोई दुःख न आए, उसे तकलीफ न हो, कोई समस्या न आए। परंतु इंसान को यह सोचना चाहिए कि 'ये चीज़ें न हो तो क्यों न हो? ये चीज़ें नहीं होंगी तो वह क्या करेगा?'

कोई कहता है, 'मेरे जीवन में कभी दुःख न आए।' उससे जब पूछा गया कि 'दुःख नहीं आएगा तो तुम क्या करोगे?' जवाब में वह कहता है कि 'फिर मैं लोगों के लिए फलाँ-फलाँ कार्य करूँगा।' तो उसे बताया जाता है कि 'दुःख न आने पर तुम जो करनेवाले हो, वह अभी करना शुरू करो। दुःख तो बोनस में चला जाएगा।'

यदि आप चाहते हैं कि आपके पास बहुत पैसा हों तो पैसा आने पर आप क्या करेंगे, उस पर अपना फोकस रखें। यह न सोचें कि 'मेरे पास पैसा नहीं हैं इसलिए मैं फलाँ चीज़ नहीं कर पा रहा हूँ... मेरे जीवन में पैसे की कमी नहीं होनी चाहिए।'

बजाय इसके यह सोचें कि 'पैसे की कमी नहीं रहेगी तो मैं क्या करूँगा। मैं विश्व के लिए फलाँ कार्य करूँगा।' उस क्रिएशन के भावों में रहो। पैसे तो बोनस में आ ही जाएँगे। आपको यह पक्का होना चाहिए कि इन चीज़ों से पैसे का संबंध नहीं है, इंसान ने संबंध जोड़ दिया है। यदि आपके जीवन में पैसे का रोल है तो वह स्वतः ही आएगा। परंतु जीवन के अंत में आप कह पाएँगे कि 'मैंने पूरा जीवन वैसे ही जीया, जैसा मैं जीना चाहता था।'

इस उदाहरण से यह समझ मिलती है कि आप जैसा जीवन जीना चाहते हैं, उस पर ध्यान देना शुरू करें। वह जीवन स्वतः ही आप जीने लगेंगे। इसके लिए पैसा चाहिए या नहीं, गाड़ी चाहिए या नहीं, ये बातें कुदरत पर छोड़ दें।

इंसान ने ही पैसे से, शरीर से खुशी का संबंध जोड़ दिया है। कितने सारे ऐसे लोग हैं, जिनका शरीर लोगों को पहले पसंद नहीं था मगर जब दुनिया के सामने उनके गुण आ गए तो वे ही लोग सबको पसंद आने लग गए। हर जाति, प्रजाति के लोग, काले-गोरे, नाटे-लंबे, किसी भी नाक-नक्श के लोग क्यों पसंद आने लग गए? क्योंकि उनके अंदर जो सेल्फ की चाहत थी, वह पूरी होने लग गई तो उन शरीरों से भी वह तेज झलकने लग गया। कहीं तो लोग यह मानकर बैठे हैं कि 'ऐसा-ऐसा होगा तो ही मैं जो चाहता हूँ वह कर पाऊँगा।'

आपको कुदरत को सिर्फ आप क्या चाहते हैं, यह बताना है। अगर आप शरीर नहीं हैं, तब आप क्या चाहेंगे? आपका जीवन पृथ्वी पर कैसे बीते? भावनाएँ न आएँ तो क्या होगा? भावनाएँ नहीं आएँगी तो क्या करेंगे, उस कर्म पर ध्यान केंद्रित कर दें। वरना ज़िंदगीभर लोग 'निराशा न हो... दुःख न हो... बोरडम न हो... गुस्सा न हो... न हो... न हो' यही बातें दोहराते रहते हैं। परंतु अब यह सोचें कि 'ये चीज़ें नहीं होंगी तो मैं सकारात्मक निर्माण क्या करूँगा?' उसके लिए प्रार्थना करना शुरू करें कि 'मेरे जीवन में ऐसा हो।' और जितने ज़्यादा लोग इसे समझेंगे, उतना ही ज़्यादा असर सब पर, पृथ्वी के लोगों पर, सारे यात्रियों पर होगा।

आज तक आप पुराने तरीकों से इमोशन्स को रिलीज़ करते आए थे, अब आपने नए तरीकों से इमोशन्स से मुलाकात कैसे करें, यह जान लिया है। यह नई समझ आपको सच्चा रास्ता दिखाएगी।

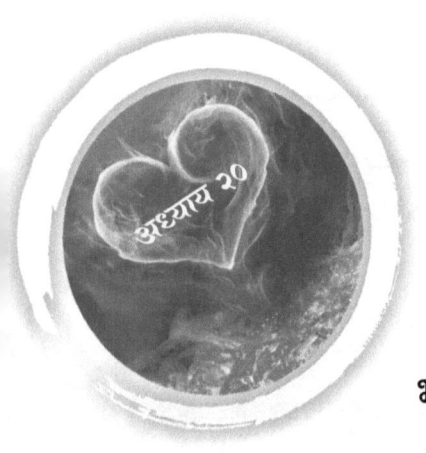

# भावनाओं से मुक्ति का खेल
## डायरी में शतरंज खेलें

दुविधाएँ, परेशानियाँ, कष्ट, चिंता, दु:ख आदि से गुज़रते हुए इंसान अकसर समझ नहीं पाता कि क्या करें? वहीं दूसरी ओर जब कोई अन्य इंसान या मित्र उसके सामने इन्हीं समस्याओं को लेकर आता है तब वह बड़ी सहजता से परेशान इंसान को सलाह देता है क्योंकि वह उस समस्या से आसक्त नहीं होता। इस ज्ञान से आपको भी यही कला अपनानी है।

हर बार हर परेशानी बाँटी नहीं जा सकती इसलिए हमें खुद को ही हर परिस्थिति के लिए तैयार करना होगा। इसके लिए स्वयं को ही दो भूमिका (स्वयं और जिसे सलाह देते हैं वह इंसान/मित्र) निभानी होगी। कैसे? इसे एक उदाहरण से समझते हैं।

मानो, आप कैरम या शतरंज खेल रहे हैं मगर दोनों ओर से। आपके साथ कोई अन्य खिलाड़ी नहीं है। इसी तरह आपको भी दोनों ओर से खेलना है मगर अपनी डायरी में।

अपनी डायरी में दो भाग बनाएँ, एक काला-एक सफेद। लेफ्ट (बाएँ) में काला

और राइट (दाएँ) में सफेद। काली ओर काले पेन से अपने इमोशन लिखें और सफेद में किसी भी हलके रंग के पेन से उन इमोशन्स का जवाब लिखें। इस तरह आपको दो भूमिकाएँ एक साथ निभानी हैं। अर्थात इमोशन्स लिखते समय तो आप स्वयं हैं लेकिन जवाब लिखते समय आपको यह मानना है कि आप किसी और को इस इमोशन का जवाब दे रहे हैं। जैसे फलाँ घटना आपके साथ नहीं, किसी और के साथ हुई है और आपको केवल सामनेवाले को राह दिखानी है। ऐसा आपको बिना आसक्त हुए अलगाव भाव से करना है। इसे कहते हैं- 'डायरी में शतरंज खेलना।'

यह खेल आपको पूरी ईमानदारी से खेलना है तभी आपमें भावनाओं को लेकर एक नई समझ जागृत होगी। डायरी में लिखने से आपको भावनाओं के बोझ से मुक्ति का मार्ग मिलेगा। इसी के साथ ही नई ए.बी.सी.डी. भी याद रखें। इसके लिए आगे दिए गए ए से एछ के सारांश का इस्तेमाल करें।

✵ ए- योग्य अधिकारी से संपर्क कर, १८ इमोशन्स के स्थान को होश के साथ जानना

✵ बी- ब्रेथ यानी साँस पर ध्यान देना

✵ सी- क्रिएटीव कंप्यूटर गेम्स के साथ याद रखें कि हर भावना को खेल समझना

✵ डी- दो से मुक्ति पाना- स्ट्रेट फॉरवर्ड/स्ट्रेस इनवर्ड

* ई- इमोशनल हुए बिना इमोशन बताना

* एफ- फील फुल्ली अॅन्ड फेस यानी पूर्णता के साथ भावनाओं को महसूस करना

* जी- ग्रेस और ग्रॅटिट्यूड यानी कृपा और धन्यवाद के भाव में रहना

* एछ- 'हम शरीर नहीं हैं' की समझ प्राप्त करना

इस नई ए.बी.सी.डी. को याद कर लें और अपनी भावनाओं के स्वामी बनने के लिए सज्ज हो जाएँ।

खण्ड ३
# भावनाओं पर जीत
ग्यारह सवाल

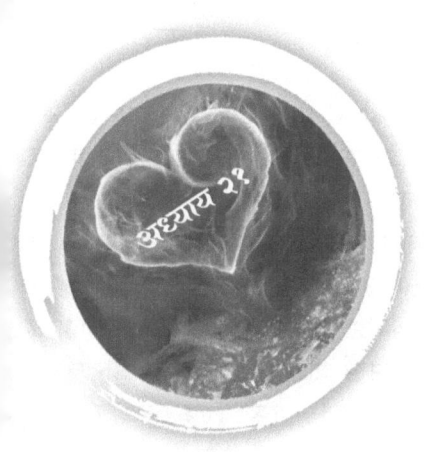

# भावनाओं पर जीत

## ग्यारह सवाल

## 1

### डर के इमोशन से मुक्ति

**सवाल :** मुझे बहुत डर लगता है। जिसके कारण मैं किसी से खुलकर बात नहीं कर पाती। अगर कोई तेज़ आवाज़ में बोलता है तो मुझे तुरंत घबराहट होने लगती है। कभी-कभी तो ऐसी स्थिति बन जाती है कि मैं रो पड़ती हूँ। इस डर के कारण ही मैं किसी भी काम को पूरा नहीं कर पाती, बीच में ही छोड़ देती हूँ। छोटी-छोटी चीज़ों से घबरा जाती हूँ। इस डर से मुक्त होने के लिए मुझे क्या करना चाहिए?

**जवाब :** इस डर से मुक्त होने के लिए रोज़ाना कुछ समय निकालकर अपनी आँखें बंद करके, शांत होकर मन में यह चित्र देखें कि आप लोगों से खुलकर बात कर रही हैं। अपने रोज़मर्रा के जीवन में जिन-जिन लोगों से, जिन-जिन जगहों पर आपको बात करनी होती है, उनकी कल्पना अपने इस चित्र में करें और देखें कि आप बिना घबराए उनसे सब कुछ कह पा रही हैं। साथ ही खुद को वे सारे काम पूरे करते हुए देखें, जिन्हें आप असल जीवन में पूरा नहीं कर पा रही हैं।

दरअसल आपके अंदर डर और घबराहट का जो पुराना चित्र बैठ गया है, उसे आपको इस नए चित्र से बदलना होगा। चूँकि आपने अचेतन ही ऐसी स्थितियों का नकारात्मक अभ्यास किया है इसलिए यह आपके अंदर गहराई तक बैठ गया है। लेकिन अब आप सकारात्मक अभ्यास करना शुरू करें। आपको अपने अंदर नकारात्मकता की जगह सकारात्मकता को लाना होगा। इसलिए अपने दिमाग में सकारात्मक अभ्यास करती रहें। इसके बाद आपको एहसास होगा कि आपके दिमाग में जो सकारात्मकता है, वह जीवन में भी आने लगी है। इसके लिए दिन में थोड़ा समय निकालें और जीवन में आगे जो सीन आनेवाले हैं, उनका मानसिक चित्र देखें, उनकी कल्पना करें। गौर करें कि आप किस जगह पर, किन लोगों से बात करने से डरती हैं। फिर उनका चित्र देखें कि वह इंसान कौन है, जिससे आपको डर लग रहा है। इसके साथ-साथ उस चित्र में खुद को भी देखें।

आप वास्तव में उस चित्र के बाहर हैं लेकिन खुद को उस चित्र में खुलकर बात करते हुए देखें। आपको ऐसे सीन देखने हैं, जिनमें आप बिना डरे पूरे आत्मविश्वास से बात कर रही हैं और जहाँ लोग आपके आत्मविश्वास की, खुलकर बोलने की तारीफ कर रहे हैं। लगातार यह अभ्यास करने के कुछ दिनों बाद वास्तविक जीवन में भी आपको आत्मविश्वास महसूस होने लगेगा।

आपके दिमाग ने जो नकारात्मकता सीख रखी है, उसे भुलाकर आपको सकारात्मकता सीखनी है क्योंकि नकारात्मक चित्र ही बाधा डालते हैं। जब डर का भाव आता है तो बची-कुची सकारात्मकता भी नकारात्मकता में बदल जाती है, जिससे बार-बार वही नकारात्मक सीन आपके सामने आता रहता है। इसीलिए आपको नए अभ्यास की ज़रूरत है। इस नए अभ्यास के लिए आपको सकारात्मक सीन देखनी है और वह भी सिर्फ एक जगह नहीं बल्कि उन सभी जगहों पर, जहाँ आपको डर लगता है।

अपने कामों को अधूरा छोड़ने की आदत से मुक्त होने के लिए यह सीन देखें कि आपने एक काम शुरू किया और उसे करती रहीं, भले ही बीच में वह काम बोरिंग लगने लगे, भले ही उसे पूरा करने में दिक्कत हो लेकिन फिर भी आप उसके पूरा होने का सीन देखें। जब आप लगातार ऐसा करती रहेंगी तो वही सीन असल जीवन में भी उतर आएगा। आपको यह सब एक साथ नहीं बल्कि धीरे-धीरे एक-एक करके करना है।

दरअसल इस तरह की समस्या से आज कई लोग गुज़र रहे हैं। इससे निपटने का सबसे कारगर तरीका यही है कि आप एक-एक करके अपनी समस्याओं को लें और उनसे जुड़े सकारात्मक चित्र की कल्पना करें। यह कल्पना आपका आधार स्तंभ होगी,

जिसमें आप वह सब कुछ कर दिखाएँगी, जो अभी आप अपने असली जीवन में करने से डरती हैं। इसके बाद इसी आधार पर आप अगला सीन देखें। यह अपने दिमाग को नई चीज़ें सिखाने जैसा है। इसे आपके अवचेतन मन में गहराई तक जाने में समय लगता है। ऐसा नहीं है कि आपने मुट्ठी बंद की, कल्पना की और सब हो गया। जब यह आपके अंदर गहराई से उतरेगा, तभी इसका असर जीवन पर दिखाई देगा।

किसी काम को करते समय, जिन स्थितियों से आपको डर लगता है या जिनके कारण आप काम अधूरा छोड़ देती हैं, उन स्थितियों के आने पर आपको क्या करना है, यह पहले से ही तय करके रखें। जब भी कोई नकारात्मक स्थिति आए तो जिन बातों को याद करके आपको स्वयं को फिर से सकारात्मक महसूस कराना है, वे बातें आपके लिए किसी हुक की तरह होती हैं। हो सकता है कि आप उन बातों को बीच-बीच में भूल भी जाएँ लेकिन खुद को फिर से याद दिलाएँ। इसके लिए आपको अपना होमवर्क करना होगा यानी मनन करना होगा कि किस तरह उन स्थितियों में मैं खुद को फलाँ-फलाँ बातें याद दिलाऊँगी। कभी भूलें तो फिर से याद कर लें।

जैसे अगर किसी मरीज़ को डॉक्टर हर सप्ताह अपने पास चेकअप के लिए बुलाता है तो चाहे जो भी हो, मरीज़ हर सप्ताह डॉक्टर के पास जाएगा। क्योंकि उसे अपने मर्ज़ से मुक्ति पानी है। ठीक इसी तरह आपको भी यह अभ्यास निरंतर करते रहना है ताकि आपके अंदर से डर निकल जाए और उसकी जगह आत्मविश्वास आ जाए। अच्छी बात यह है कि अभ्यास का यह तरीका बहुत आसान है और आपको इसमें कोई कठिनाई नहीं होगी। क्योंकि इसमें आपको सिर्फ शांत होकर सकारात्मक चित्र देखना है, सकारात्मक कल्पना करनी है, जिससे आपके दिमाग को नई चीज़ सीखने मिलेगी। धीरे-धीरे आप इस समस्या से मुक्त हो जाएँगी। इस समस्या से निकलने के बाद आप अपने जैसे अन्य लोगों के लिए भी निमित्त बन पाएँगी।

## 2

## इमोशनल ब्लैकमेलिंग से कैसे बचें

**सवाल :** मुझे ऐसा लगता कि लोग मुझे इमोशनली ब्लैकमेल करते रहते हैं। ऐसा क्यों होता है और इससे कैसे बचा जा सकता है?

**जवाब :** इसके लिए सबसे पहले स्वयं से पूछें कि 'मैं दूसरों को कैसे इमोशनली ब्लैकमेल करती हूँ?' यह सुनकर आप सोचेंगी कि 'मैं कहाँ किसी को ब्लैकमेल करती हूँ? लोग मुझे ही ब्लैकमेल करते रहते हैं।' लेकिन आपके आइने (सामनेवाले इंसान)

ने ही आपको यह बताया है कि आप लोगों को इमोशनल ब्लैकमेल करती हैं। इसलिए आपको अपने ऊपर काम करना होगा और बाकी लोगों को अपना आइना बनाकर देखना होगा। इससे आपको अपना दर्शन होगा कि 'मैं भी कहीं न कहीं ठीक ऐसा ही करती हूँ।' और आप सिर्फ ब्लैक नहीं, हर रंग से लोगों को मेल करती हैं। इसलिए पहले आपको अपने सारे रंग देखने हैं। इसके लिए सिर्फ आपको अपने वे रंगीन चश्मे उतारने हैं, जिस चश्मे से आप संसार को देखती हैं। जब आप इस बारे में मनन करेंगी तो आपको बहुत कुछ याद आएगा।

अब एक ऐसा ब्लैकमेल याद करें, जो आप सदियों से कर रही हैं। एकाधा तो याद आएगा ही। याद कीजिए कि आप आम तौर पर सूक्ष्म तौर पर किसे ब्लैकमेल करती हैं? पति को, रिश्तेदारों को, पड़ोसियों को या किसी और को? याद करें कि जब आप ब्लैकमेल कर रही होती हैं तो वास्तव में क्या कर रही होती हैं।

**खोजी :** कभी-कभी जब गुस्सा आता है तो दूसरों पर बुरी तरह से भड़क जाती हूँ। कई बार तो खाना-पीना छोड़ देती हूँ।

**सरश्री :** दूसरों पर भड़कना और खाना-पीना छोड़ना इमोशनल ब्लैकमेल है या नहीं?

**खोजी :** हाँ है!

**सरश्री :** अगर खाना-पीना ही छोड़ना है तो किसी अच्छे कारण से छोड़ें, अपने अंदर के अहंकार को बचाने के लिए खाना-पीना छोड़ने का क्या फायदा। अगर आप दूसरों को ब्लैकमेल कर रही हैं और दूसरे आपको ब्लैकमेल कर रहे हैं, इसका अर्थ यही हुआ कि 'तुम जिस नाव में, मैं भी उसी नाव में।'

अब सबसे पहले इस बात पर दूसरों पर भड़कना बंद कर दें कि वे आपको इमोशनल ब्लैकमेल करते हैं क्योंकि आप स्वयं भी वही कर रही हैं। ऐसे में शिकायत की कोई वजह बचती ही नहीं है। वे अपना काम कर रहे हैं, उन्हें वह करने दीजिए लेकिन आप उनका काम मत कीजिए, आपको तो अपना काम करना है। वे जो कर रहे हैं, उसे जैसा है वैसा देखें, उसे लेकर कोई कथा न बनाएँ। क्योंकि अगर आप मन की कथा में उलझेंगे तो अपना काम नहीं कर पाएँगे।

## 3
## कथाओं के बिना जीएँ

**सवाल :** जब कोई इमोशन आता है तो मैं उस इमोशन को दबाता हूँ, जिससे मुझे परेशानी होती है। फिर मेरे अंदर से शिकायतें उठती हैं। कृपया इस पर मार्गदर्शन दें।

**जवाब :** इंसान छोटी-छोटी बातों पर अपने इमोशन्स को अंदर दबा लेता है, उन्हें बाहर नहीं निकाल पाता। फिर वह शिकायत करता है कि 'फलाँ ने मुझे ऐसा कहा... फलाँ ने मेरी मदद नहीं की... इस घटना में ऐसा हुआ... उस घटना में वैसा हुआ...' आदि। दरअसल इस तरह की बातें करके इंसान अपने इमोशन को अंदर दबा रहा होता है, जो एक तरह से खुद को ज़हर देने जैसा है।

जैसे अगर आपने कोई पदार्थ खाने के लिए मुँह में डाला और तभी कोई आकर बताता है कि इसमें कुछ मिलावट या गड़बड़ है तो आप उसे फौरन थूक देते हैं और कुल्ला भी कर लेते हैं। ठीक इसी तरह जब भी आप अंजाने में कोई इमोशन दबाएँ और आपको याद आ जाए कि 'मैं गलती कर रहा हूँ' तो उसे फौरन निकाल दें और उसकी जगह पर प्रसाद (खुशी भरे इमोशन्स) डालें। यह प्रसाद किसी एंटीडोट (इलाज) की तरह काम करता है। इमोशन दबाने से आप पर जो थोड़ा-बहुत नकारात्मक असर हुआ होता है, वह भी इस एंटीडोट से समाप्त हो जाता है। यदि आपको यह स्पष्ट है तो आपसे एंटीडोट लेने का कार्य तुरंत और सहजता से होगा।

इंसान को यह स्पष्ट नहीं है तो वह रोज़ सुबह उठकर किसी न किसी बात को लेकर तरह-तरह की चीज़ों पर शिकायत करता है। अपने मन में एक कथा बना लेता है और बार-बार खुद को उस कथा का ज़हर देता रहता है। इसीलिए स्पष्टता ज़रूरी है ताकि जब भी आप खुद को कथाओं में उलझाएँ तो आपको स्पष्ट दिखे कि यह कथा अपने अंदर डालकर मैं शरीर को क्या दे रहा हूँ और इसका असर क्या होनेवाला है।

आपने कई लोगों को सुना होगा, जो इस तरह की शिकायतें करते (कथाएँ बनाते) रहते हैं कि 'जीवन बड़ा दुःखदायी है... लोग धोखेबाज़ हैं... कोई किसी का नहीं है... अब तक किसी ने मेरी मदद नहीं की... सब कुछ मुझे अकेले ही करना पड़ता है... मैं ऐसा न करूँ तो कोई काम पूरा होगा ही नहीं...।' इसी तरह की शिकायतें कथा बन जाती हैं। फिर वे कथाएँ इंसान के अंदर घर कर जाती हैं क्योंकि इंसान इन्हें सही मानकर इन पर स्टैम्पिंग करता है यानी ठप्पा लगाता है कि यही सच है। अगर स्टैम्पिंग न हो तो कोई कथा इंसान के अंदर नहीं जा सकती। क्योंकि तब आप उन कथाओं को बनते ही

उन्हें थूक देते हैं यानी जैसे ही नकारात्मक विचार आते हैं, आप उनसे परे हो जाते हैं।

## 4

### फैंटम पेन

**सवाल :** मेरे शरीर में दर्द होने की वजह से मैं न ही किसी चीज़ का आनंद ले पाता हूँ और न ही अभिव्यक्ति कर पाता हूँ। कृपया मार्गदर्शन करें।

**जवाब :** आनंद लेने का अर्थ यह नहीं है कि इसके बाद आपके शरीर को कोई दुःखद एहसास होगा ही नहीं। क्योंकि शरीर अलग-अलग वातावरण में रहता है, अलग-अलग किस्म का खान-पान करता है, उसमें अलग-अलग विचार चलते रहते हैं। उन विचारों से कुछ दर्द भी उठते हैं और कुछ इमोशन्स भी। अगर उन इमोशन्स को पहचानने की, उन्हें कैसे देखना चाहिए, इसकी समझ नहीं है तो वे आगे चलकर शरीर में पीड़ा शुरू होने का कारण बनते हैं। ऐसी पीड़ाएँ, जो वास्तव में होती ही नहीं हैं लेकिन फिर भी इंसान उनके अस्तित्त्व को मानकर बैठा होता है, उन्हें 'फैंटम पेन' कहा जाता है।

जैसे अगर किसी इंसान की एक टाँग कट गई है लेकिन स्वस्थ होने के बावजूद भी वह बोलता है कि 'मेरी टाँग में दर्द हो रहा है।' यहाँ आप समझ सकते हैं कि अगर टाँग है ही नहीं तो दर्द कहाँ से होगा! लेकिन उसे तो यही लगता है कि दर्द हो रहा है। भले ही आप उसे कितना भी समझाएँ कि दर्द जैसा कुछ नहीं है लेकिन फिर भी वह यह नहीं मानेगा कि वाकई कहीं कोई दर्द नहीं है। उलटा वह तो यही कहेगा कि 'अगर दर्द नहीं हो रहा होता तो मैं ऐसा क्यों कहता!' ऐसे में सबसे महत्वपूर्ण है इस नकली दर्द की तह तक पहुँचना, स्वयं से ये सवाल पूछना कि 'वास्तव में क्या हो रहा है? मैं कौन हूँ? और यह किसके साथ हो रहा है?' इंसान की मूल मान्यता यही है कि 'मैं शरीर हूँ'। वह खुद को शरीर मानकर ही जीता है। दर्द हो तो हो, इमोशन हो तो हो लेकिन इसके बावजूद जो लोग सामान्य ज्ञान (कॉमन सेंस) का उपयोग करते हुए स्वयं से सही समय पर सही सवाल पूछकर, तह तक पहुँचते हैं, उन्हें मुक्ति ज़रूर मिलती है।

स्वयं को समझने और शरीर के दर्द की तह तक जाने के दौरान, शरीर को स्वस्थ रखने के लिए जो भी ज़रूरी है, जैसे सही खान-पान, व्यायाम वगैरह वह सब भी ज़रूर करें। बस उस दर्द को इस शर्त में तबदील न होने दें कि जब तक यह ठीक नहीं होगा, तब तक आनंदित रहना संभव नहीं है। क्योंकि दर्द हो, इमोशन हो या चाहे जो हो, अगर 'मैं शरीर नहीं हूँ, मैं तो सेल्फ हूँ, चैतन्य हूँ', यह दृढ़ता है तो हमेशा आनंदित रहा जा सकता है।

## 5

## अतीत का डर

**सवाल :** कई बार अतीत में अटका हुआ कोई इमोशन तकलीफ देता है। ऐसे इमोशन्स को सही तरीके से बाहर कैसे निकालें?

**जवाब :** पुराने ज़माने में जब इंसान जंगल में रहता था तो उसे वहाँ के जंगली जानवरों के प्रति सचेत रहने के लिए डर के इमोशन की ज़रूरत थी। परंतु अब विश्व विकास पथ पर काफी आगे बढ़ चुका है और बढ़ता ही जा रहा है इसलिए अब उस डर की कोई ज़रूरत नहीं है। लेकिन इंसान का मन तो अब भी वही पुराना है। इसीलिए उसे यह नया प्रशिक्षण देना है कि 'अब तुम सहज हो जाओ, यहाँ कोई जंगली जानवर या कोई शेर नहीं घूम रहा है।' विचार अपने आपमें एक शेर जैसा ही है। इसलिए इसे पहले दूसरी तरफ ढकेल दें। वरना वह आपके पास खड़ा होकर आपको डराता रहता है कि 'देखो तुम्हें कोई मारने आ रहा है।' जबकि ऐसा कुछ नहीं है, आप तो पूरी तरह सुरक्षित हैं।

खुद को बताएँ कि आप अपने अंदर कुछ नई आदतें विकसित कर रहे हैं। कुछ नई आदतें पहले ही विकसित हो चुकी हैं इसलिए उनसे संबंधित विचार तुरंत आ जाता है और आप उससे जुड़े दुःख से तुरंत मुक्त हो जाते हैं। लेकिन जिन्हें यह ज्ञान नहीं है, वे न जाने कितना दुःख भुगतते हैं या फिर नशे की ओर, इंटरनेट पर मौजूद अश्लील सामग्री की ओर या अपनी ही कल्पनाओं की दुनिया की ओर पलायन कर जाते हैं। यह सब वे दुःख के इमोशन से भागने के लिए करते हैं। दरअसल वे किसी से बात करना चाहते हैं, किसी को अपना दुःख बताकर राहत पाना चाहते हैं लेकिन जब नहीं कर पाते तो जो मिलता है, उसी में डूब जाते हैं।

चूँकि आपको यह ज्ञान मिला है इसलिए आप ऐसे किसी व्यसन की ओर नहीं जाएँगे बल्कि अपने समय को अच्छी चीज़ों पर लगाएँगे। यही महत्वपूर्ण बात है। यदि अभी यह आदत विकसित नहीं हुई है तो इस पर जब भी काम करने का मौका मिले तो उस मौके का लाभ उठाएँ और अभ्यास करते रहें। इससे आपको परिणाम मिलेंगे और परिणाम आपको खुद ही यह दृढ़ता देंगे कि 'हम दुःख से मुक्त हो सकते हैं।' बस इसी विश्वास पर काम करते रहें और निरंतरता बनाए रखें।

## 6

## उत्तेजना का इमोशन

**सवाल :** अकसर मेरे शरीर में इतनी उत्तेजना आ जाती है कि शरीर खुद को संभाल

नहीं पाता। हालाँकि साक्षी भाव से देखना जारी रहता है लेकिन फिर भी लगता है कि शरीर की ओर से अलग से कुछ ऐसा होना चाहिए ताकि वह उत्तेजना विलीन हो जाए। आपसे यही मार्गदर्शन चाहिए कि जब शरीर में उत्तेजना का विकार आए, उस समय क्या करना चाहिए?

**जवाब :** इसके लिए आपको 'प्रेयर शूटिंग' करनी होगी। जितनी तेज़ गति से प्रेयर शूटिंग होती है, ऐसे विकारों को शरीर में जमकर बैठने का मौका उतना ही कम मिलता है। प्रेयर शूटिंग करके आप भविष्य के बीज भी बोते हैं। यानी इससे दो काम एक साथ हो जाते हैं। इसके अलावा प्रेयर शूटिंग करने से बल भी बढ़ता है। फिर उन इमोशन्स या विकारों को बेबंद साक्षी होकर सहजता से देखना आपके लिए संभव हो जाता है। लेकिन ऐसा नहीं है कि यह सब करने से विकार पूरी तरह समाप्त हो ही जाएगा। हाँ, यह ज़रूर है कि आपके ऐसा करने से उसका प्रभाव क्षीण हो जाएगा।

जब भी किसी नई बात से कोई विकार जगता है तो वह पुराने विकारों को भी अपने साथ लेकर आता है। यानी उसके पास कुछ पुराना होता है और कुछ नया। पुराने विकारों का यूँ आना आपके लिए दोनों तरह के विकारों को निकाल देने का एक मौका है। प्रेयर शूटिंग से नए विकार नहीं बनेंगे, साथ ही पुराने विकार थोड़ा-थोड़ा करके मिटने लगेंगे।

आप जान रहे हैं कि इमोशन को कैसे देखना है। इसके अलावा आप यह भी जान रहे हैं कि शरीर को जो भी महसूस होता है, जो भी स्पर्श मिलता है, वह दुःखद हो या सुखद, उसे कैसे देखना है। इन सबके साथ-साथ आप उसकी व्यर्थता भी देख रहे हैं कि वह मौसम बदलते ही या मूड बदलते ही स्वयं भी बदल जाता है। जब भी कुछ नई चीज़ें याद आती हैं तो यह बदल जाता है।

अब आप समझ चुके होंगे कि यह एक अस्थायी दौर है। इस दौर में भी आप स्वयं को स्थिर रख पाएँ, इसी का प्रशिक्षण आपको दिया जा रहा है। शुरुआत में आप स्वयं को दो-तीन मिनट के लिए ही स्थिर रख पाएँगे, फिर यह समय थोड़ा बढ़ेगा और आप चार-पाँच मिनट तक स्थिर रह पाएँगे। इस तरह धीरे-धीरे आप देखेंगे कि स्वयं को स्थिर रखने की आपकी क्षमता बढ़ती जा रही है। कभी-कभी ऐसा भी होगा कि कुछ विशेष बातें उभर आने के कारण शरीर दिनभर इमोशन से भरा रहेगा। लेकिन तब आपकी क्षमता इतनी अधिक होगी कि आप उतने समय तक इमोशन को देख पाएँगे, उसे जान पाएँगे। यानी न तो आप उस पर गलत का लेबल लगाएँगे और न सही का। वह जैसा होगा, आप उसे वैसा ही देखेंगे। आप सिर्फ उसे जानेंगे कि 'यह तो बस एक स्थूल इमोशन है, वह इमोशन उससे थोड़ा अधिक स्थूल इमोशन है और बाकी अन्य

उससे कम स्थूल इमोशन्स हैं।' यानी भले ही आपका शरीर कुछ समय के लिए इमोशन से भरा हो लेकिन आपके अंदर यह आत्मविश्वास होगा कि 'इसके बाद भी मैं अपने निर्णयों के अनुसार कार्य कर सकता हूँ और अपने इन निर्णयों को इमोशन में बहकर बदलूँगा नहीं।'

जैसे अगर आप एक कैंची से कपड़ा काटनेवाले हैं और कैंची पर धूल या कोई रंग लग गया हो, तब भी आपको पता होता है कि आपका काम तो चलता रहेगा। यानी आप पहले काम पूरा करेंगे, उसके बाद कैंची पर लगा रंग साफ करेंगे। यानी काम भी चल रहा है, साधना भी चल रही है, वह दिन भी बीत गया और आपको एक नई शक्ति देकर गया, आत्मबल देकर गया व कुछ विकारों से मुक्त भी कर गया। फिर अगर आपने ठान लिया कि हर बार मुझे यही करना है और यह निरंतरता से चलता रहा तो बड़े से बड़ा विकार, जो भले ही कितनी गहराई तक पहुँच गया हो, वह समाप्त हो जाता है।

आपको बल मिले, इसीलिए ये सब चीज़ें आपको बताई जा रही हैं। वरना इंसान अकेला घबरा जाता है क्योंकि अकेले में उसे लगता है कि 'यह इमोशन तो कुछ दिन पहले भी आया था, अब फिर आ गया है यानी समाप्त नहीं हुआ।' उसके अंदर यह सवाल भी उठता है कि 'क्या हमेशा ऐसा ही चलता रहेगा?' आपको ऐसे किसी भी डर में उलझे बिना, कोई लेबल लगाए बिना, बस अपना काम करते जाना है। याद रखें कि आपको जैसा भी शरीर मिला है, आप उससे सर्वश्रेष्ठ अभिव्यक्ति कर सकते हैं।

## 7

## इमोशन का सामना डटकर

**सवाल :** जब भी कोई नकारात्मक इमोशन जगता है तो मन तुरंत कथाएँ बनाना शुरू करता है और उन कथाओं में उलझकर मैं दुःखी हो जाती हूँ। चाहकर भी डटकर इमोशन का सामना नहीं कर पाती। कृपया इस पर मार्गदर्शन करें।

**जवाब :** आपको अपनी नींव को इतना सशक्त बनाना है कि फिर आप यह घोषणा कर पाएँ कि 'अब मैं हमेशा आनंदित ही रहूँगी। भले ही कैसी भी घटनाएँ घटती रहें।' फिर कोई भी घटना आपको भावनात्मक दुःख नहीं दे पाएगी। यानी ऐसी कोई कथा नहीं बनेगी, जिससे आपको दुःख देनेवाले इमोशन्स उठें। फिर आप हर इमोशन की आँख में आँख डालकर देख पाएँगे और उससे पूछ पाएँगे कि 'चलो बताओ, तुम कहना क्या चाहते हो।' याद रखें, हर दृश्य अगले दृश्य की तैयारी है।

पहले तो आपको लगेगा कि नींव मज़बूत करके, डटकर इमोशन का सामना करके

भला क्या होगा? लेकिन सच्चाई यह है कि जो होगा, इसी से होगा। जब आपमें पूरी दृढ़ता होगी तो आप स्वयं ही कहेंगी कि 'कम से कम मैं अपनी ज़िम्मेदारी तो पूर्ण करूँ, खुद की मदद तो करूँ ताकि विश्व की मदद हो सके।' जब हर कोई यह ज़िम्मेदारी लेना शुरू कर देता है तो अगला दृश्य स्वत: ही आ जाता है।

ये सब चीज़ें आपको दृश्य में दिखाई जाती हैं क्योंकि जब तक आप उसे देखकर स्वयं विश्वास नहीं करते, तब तक अपने इमोशन को देख नहीं पाते और इमोशन के आते ही उसका दु:ख मनाना शुरू कर देते हैं कि 'मेरे साथ ऐसा हो रहा है, वैसा हो रहा है।' इस तरह दु:ख मनाने के चक्कर में आप इमोशन का सामना नहीं कर पाते, उससे यह संवाद तक नहीं कर पाते कि वह क्या कहना चाहता है और उसने घटना का क्या मतलब निकाला है। इसलिए ज़रूरी है कि आप उस मतलब को दी गई समझ से देख पाएँ। तब आपको एहसास होगा कि यह तो बहुत आसान है। फिर आपको समझ में आएगा कि 'अब हमें बिना कुछ बोले, इस पर काम करने में जुटे रहना है।' फिर आनंद लेने के अलावा कुछ और बचेगा ही नहीं।

समय-समय पर आपका शरीर तो अलग-अलग स्थितियों से गुज़रता ही रहेगा। कभी बीमार होगा, कभी तंदुरुस्त होगा, कभी सुस्त होगा तो कभी चुस्त। महत्वपूर्ण यह है कि आप इन सभी स्थितियों का आनंद ले सकें। कभी आपके सामने सूर्य होता है तो कभी चाँद। कभी चाँद घटकर छोटा हो जाता है तो कभी बड़ा। इस पर आप यही कहेंगे कि 'ऐसा होता नहीं है, बस दिखता है और हमें उसमें फँसना ही नहीं है।'

चाहे आप किसी कमरे में बैठे हों या बाहर, किसी कोने में बैठे हों या बीच में, नौकरी कर रहे हों या पढ़ाई, लोगों के साथ हों या अकेले, हर जगह आपको आनंद लेना है ताकि जो भी संभावना दबी है, वह खुले। जब सब कुछ शीशे की तरह साफ दिखाई देता है तो आनंद ही आनंद छाया होता है।

# 8

## नकारात्मक विचारों का सामना

**सवाल :** मेरे शरीर में काफी दिनों से यह डर आ रहा है कि कहीं मेरे साथ कुछ गलत न हो जाए। दूसरे के साथ कुछ गलत होते देखता हूँ तो यह डर और भी बढ़ जाता है। डर के बढ़ने से खान-पान पर नकारात्मक प्रभाव पड़ता है। जब मैं इस पर थोड़ा मनन करता हूँ तो डर का विचार निकल जाता है। लेकिन जैसे ही डर का एक विचार निकल जाता है मन डर का दूसरा विचार लाकर सामने रख देता है। जैसे कभी-कभी यह विचार आता है कि 'कहीं मैं पागल न हो जाऊँ।' ऐसा विचार आने पर वापस डर हावी होता

है। ऐसे नकारात्मक इमोशन्स से बचने के लिए क्या किया जाए?

**जवाब :** आपको डरने की कोई ज़रूरत नहीं है। जब भी मन में ऐसे विचार आएँ कि 'कहीं पागल न हो जाऊँ', तो मन से कहें कि 'चलो इस विचार को हृदय की सुरंग में लेकर चलते हैं।' हृदय की सुरंग में ले जाते ही, इस विचार में कितनी सच्चाई है, यह आपको समझ में आ जाएगा और आप इसे पूरी तरह से अपने दिलो-दिमाग से बाहर निकाल फेकेंगे।

जब भी आपके घर पर कोई ऐसा इंसान आ जाता है, जो आपको तकलीफ दे रहा है तो आप फौरन उससे बातचीत करके सब सुलझा लेते हैं। जैसे कोई सेल्समैन आ गया, जो आपसे कुछ खरीदने की ज़िद कर रहा है और आपको वह चीज़ नहीं चाहिए तो आप फौरन उससे कहते हैं कि 'मुझे इस चीज़ की कोई ज़रूरत नहीं है।' ठीक ऐसा ही आपको मन के विचारों के साथ भी करना है।

अब ज़रा सोचिए कि अगर आप किसी सेल्समैन का सामान खरीदने से मना कर दें और वह इस तरह की बातें करने लगे कि 'तुमने मेरी बात नहीं मानी... अब तुम्हारा बुरा होगा... मेरी बद्दुआ है कि तुम्हें मेरी आह लगेगी...' वगैरह-वगैरह तो क्या होगा? क्या आप उसकी इन बातों को याद कर-करके डरते रहेंगे कि 'अरे अब क्या होगा... वह तो बद्दुआ दे गया... अगर बद्दुआ सच हो गई तो क्या होगा...' आप अच्छी तरह जानते हैं कि उसकी बातों को महत्त्व देने की ज़रूरत नहीं है। फिर मन की बातों को महत्त्व देने की क्या ज़रूरत है? याद रखें कि मन नामक सेल्समैन ऐसी बातें करता रहता है और उन बातों से कोई फर्क नहीं पड़ता। उलटा उसकी बातों से तो आपको प्रशिक्षण मिलता है।

यदि मन बार-बार डर के विचार लाता है तो इसके पीछे आपका अज्ञान है और आपको इस अज्ञान से मुक्ति पानी है। ऐसे में सबसे पहले साधना करें क्योंकि साधना करने से बुद्धि खुलती है और सद्बुद्धि आती है। फिर आप उस विचार की सच्चाई की खोज करते हैं कि 'इस विचार के पीछे मेरा अज्ञान क्या है, डर आना क्यों ज़रूरी है?' असल में डर का इमोशन तो शरीर पर आता है, जबकि आप तो शरीर से परे चैतन्य हैं। इसीलिए ध्यान में बैठते ही शरीर का एहसास गायब हो जाता है।

शरीर एक आइने की तरह है और आप उसके सामने बैठे हैं। अगर आपके सामने रखा शरीर रूपी आइना अचानक लाल हो जाए या पीला हो जाए तो आपको फिक्र नहीं होगी क्योंकि आपको पता है कि यह तो सिर्फ आइने के साथ हो रहा है और उसमें ऐसे रंग आते-जाते रहते हैं। उस आइने में तरह-तरह के बदलाव आते रहते हैं, जैसे कभी

वह धुँधला हो जाता है, कभी गरम तो कभी ठंडा हो जाता है और कभी उसमें विचारों की लहरें उठने लगती हैं। परंतु आप पर इन बदलावों का कोई असर नहीं होता। आप तो जैसे है, वैसे ही रहेंगे। परंतु जब आपको यह बात याद नहीं रहती, तब तकलीफ शुरू हो जाती है।

जब भी ऐसा मौका आए तो आपको स्वयं को याद दिलाना है कि 'जो इमोशन या विचार आ रहा है, वह दरअसल शरीर पर आ रहा है, मुझ पर नहीं।' और उस समय आपको याद रखना है कि वह इमोशन आपके लिए एक शिक्षक की तरह है, जो आपको बताता है कि आपके अंदर बहुत सारा अज्ञान दबा हुआ है और आप उसी अज्ञान से यह सब देख रहे हैं। लेकिन अब आपको सब कुछ समझ के साथ देखना है।

इसके साथ ही आपको यह भी याद रखना है कि ये सारे इमोशन्स अस्थायी होते हैं और बार-बार आते-जाते रहते हैं। कोई भी इमोशन देर तक नहीं टिकता, कुछ देर रहता है और फिर चला जाता है।

जैसे एक इंसान जो रात को दुःख में डूबा होता है, सुबह उठकर खुश दिखता है। क्योंकि दुःख का इमोशन रात में आया और फिर चला गया, रुका नहीं। लेकिन कई बार आपके अंदर का अज्ञान उस इमोशन को बल देता है। क्योंकि आपको यह याद नहीं रहता कि आज तक आपके जीवन में जो भी समस्याएँ आईं, आपने किसी न किसी तरह उन सबका हल निकाल ही लिया। ठीक इसी तरह आप आगे की हर समस्या का हल भी निकाल लेंगे, हर इमोशन का सामना कर लेंगे।

# 9

## बीमारी के इमोशन की पड़ताल

**सवाल :** मेरे पिताजी एक गंभीर बीमारी का शिकार हो गए थे। जिसके बाद मेरे अंदर यह डर आ गया कि कहीं मुझे भी वही बीमारी न हो जाए। ऐसे इमोशन को बाहर कैसे निकाला जाए?

**जवाब :** आपको तो उस पर ध्यान देना चाहिए, जो आपके साथ होता है। असली संभावना, जिस पर आपको गौर करना है, वह यह है कि 'मेरा शरीर ऐसी तंदुरुस्ती पानेवाला है, जिसमें लकड़ भी हज़म और पत्थर भी हज़म।' यानी शरीर में कोई भी विचार या इमोशन जग जाए तो वहीं खत्म हो जाए। आपको महसूस करना है कि 'मुझे ऐसा स्वास्थ्य मिल रहा है कि मेरा शरीर बहुत सशक्त हो गया है और इसीलिए अब ऐसी कोई भी गलत चीज़ अंदर नहीं टिक सकती।' जो होना चाहिए उस पर ध्यान दें, न

कि उस पर जो नहीं होना चाहिए।

आप अपनी इंद्रियों को जैसा बनाना चाहते हैं, उसकी संभावना की पड़ताल करें। जैसे 'मेरी आँखें इतनी निर्मल होंगी कि उनसे मैं गहराई से भक्ति को देख सकूँगा। मेरे कान ऐसे होंगे, जो गलत शब्दों को सुनते ही उन्हें खत्म कर देंगे और जिन शब्दों में अमृत जैसा प्रभाव है, केवल उन्हीं को अंदर जाने देंगे।' फिर कोई भी विचार आए उससे आपको कोई फर्क नहीं पड़ेगा क्योंकि फिर आप किसी विचार में उलझेंगे नहीं। सच तो यह है कि जब तक आप खुद नहीं चाहते कि आप पर विचारों का असर हो, तब तक आप पर किसी विचार का कोई असर हो ही नहीं सकता।

ऐसा कोई भी विचार जो आपको आकर डराने का प्रयास करे तो उस पर आपको कोई स्टैम्पिंग नहीं करनी है।' स्टैम्पिंग यानी ठप्पा लगाना कि यह विचार आया है तो ऐसा ही होगा।

सबसे पहले आपको स्वयं से यह पूछना है कि 'इसके पीछे मेरा कौन सा अज्ञान काम कर रहा है? मैं खुद को क्या मान रहा हूँ और मैं कौन हूँ?' तब आप देखेंगे कि उस विचार का असर कम हो गया। मन भले ही कुछ भी कहे लेकिन किसी प्रकार की कोई हानि नहीं होती है। बस कुछ विचार ऐसे होते हैं, जो आक्रमण करते रहते हैं, असल में कुछ नहीं होता।

लोगों के सीने में ज़रा सा दर्द होता है तो उन्हें सबसे पहले हार्ट अटैक का ही विचार आता है, भले ही सिर्फ एसिडिटी की समस्या हो। ज़रा सा दर्द उठा नहीं कि लोग सोचने लगते हैं, 'लगता है फलाँ बीमारी हो गई, मुझे पहले से ही डर था, लगता है मेरा डर सच हो गया।' यदि आपके साथ ऐसा कुछ होता है तो सबसे पहले शरीर को स्वयं से अलग करके देखें। जब आप स्वयं को शरीर से अलग करके देखते हैं तो उपचार (हीलिंग) यानी मुक्ति की अवस्था शुरू होती है।

याद रखें कि जो भी हो रहा है, चाहे एसिडिटी हो या दर्द, सब कुछ सिर्फ शरीर के साथ हो रहा है और बीमारी चाहे जो हो, उसके शुरू होने से पहले ही आपको यह उपचार (हीलिंग) शुरू कर देनी है। जैसे जब आपकी शर्ट कहीं से फट जाती है तो आप तुरंत उसे सिल लेते हैं, यह इंतज़ार नहीं करते कि वह पूरा फट जाए, उसके बाद सिला जाए। इसी तरह आपको अपने शरीर के स्वास्थ्य पर काम अभी से शुरू कर देना है। अगर कुछ बुरा होता भी है तो ज़्यादा से ज़्यादा क्या होगा? आप इस बात को लेकर निश्चिंत रहें कि जो भी होगा, आप उससे भी एक कदम आगे ही जाएँगे क्योंकि पीछे जाने का कोई सवाल ही पैदा नहीं होता। आगे जाना ही सर्वश्रेष्ठ चुनाव है।

# 10

## इमोशन का तूफान

**सवाल :** जब कोई नकारात्मक इमोशन उभरता है तो उसमें उलझना होता है। ऐसे लगता है जैसे कोई तूफान आया हो। फिर उस इमोशन से बाहर आने में काफी पीड़ा महसूस होती है। कृपया इस पर मार्गदर्शन करें।

**जवाब :** जिस तरह उलझी हुई बातों को सुलझाने में थोड़ी पीड़ा होती है, उसी तरह इमोशन से उलझने पर उसे सुलझाने में भी थोड़ी पीड़ा होती है। ऐसे में आपको स्वयं को बताना है कि 'यह पीड़ा, असल में पीड़ा देने के लिए नहीं बल्कि मुक्त करने के लिए आई है।' इसके लिए उसे साक्षी भाव से देखें कि वह पीड़ा कुछ देर के लिए ही है या ज़्यादा समय तक रहती है। आपको स्वयं से कहना है कि 'मैं देखता हूँ कि यह पीड़ा कितनी देर टिकती है, शाम तक रह पाती है या नहीं।'

अगर आपको लगता है कि आप किसी और की वजह से दुःखी हो रहे हैं तो याद रखें कि कोई भी आपको दुःख देना नहीं चाहता। आप देखेंगे कि जिन्हें आप अपने दुःख का कारण मान रहे हैं, उनके नकारात्मक व्यवहार में भी कुछ देर बाद परिवर्तन आ जाता है। इमोशन भी ठीक ऐसे ही होते हैं, थोड़ी ही देर में बदल जाते हैं क्योंकि वे कभी भी ठहरते नहीं हैं, आते-जाते रहते हैं। आपको स्वयं से पूछना है कि 'ऐसी बदलनेवाली, अस्थायी चीज़ों पर मैं स्टैम्पिंग क्यों करता हूँ? क्या वाकई इसका कोई कारण भी है या बस मेरा फितूर है?'

अगर आप पूरी ईमानदारी के साथ स्वयं से यह सवाल पूछ पाए तो आप देखेंगे कि आपके अंदर आनेवाले इमोशन, जो पहले आपको किसी तूफान की तरह लगते थे, अब आसान लगने लगे हैं। आपको स्वयं को यह भी बताना है कि अगर कभी इमोशन के कारण साधना नहीं हो पाई तो हम अपना ध्यान कुछ हलकी-फुलकी बातों पर भी लगा सकते हैं, जैसे कोई कॉमेडी सीरियल या फिल्म देख सकते हैं, आपस में चुटकुले सुना सकते हैं। क्योंकि अगर साधना हो ही नहीं रही है तो बेहतर होगा कि आप अपने इमोशन या इमोशन देनेवाले इंसान के बारे में सोचने के बजाय कुछ और करें। क्योंकि 'मेरा क्या होगा... मैं कुछ कर पाऊँगा या नहीं... कोई मेरे लिए कुछ करेगा या नहीं...' ऐसे विचारों में उलझने से कोई लाभ नहीं होगा।

आम तौर पर लोग अपने पूरे जीवन के बारे में ऐसी ही कथाएँ बना लेते हैं। जब लगातार ऐसी भयानक कथाएँ बनती हैं तभी इंसान के अंदर शरीर हत्या करने का विचार आता है। जबकि उन कथाओं का वास्तविकता से कोई लेना-देना नहीं होता।

लेकिन फिर भी इंसान अपनी ही बनाई उन कथाओं पर यकीन कर लेता है और मान लेता है कि अब जीकर कोई फायदा नहीं है। इसीलिए आपको इन कथाओं से मुक्त होने का प्रशिक्षण मिलना आवश्यक है। एक बार जब यह प्रशिक्षण मिल जाता है, फिर इंसान को अपनी कथाओं से कोई तकलीफ नहीं होती क्योंकि वह उन्हें गंभीरता से लेना बंद कर देता है। फिर भले ही कितने भी इमोशन्स आएँ या कैसे भी विचार आएँ।

प्रशिक्षण के बाद इंसान बड़े धीरज के साथ, सजग रहते हुए उस इमोशन को जैसा है वैसा देखता है, उस पर सही या गलत का लेबल नहीं लगाता। हालाँकि उसे वह इमोशन अच्छा नहीं लगता लेकिन फिर भी उसके अंदर एक स्वीकार भाव होता है और वह ईश्वर से कहता है, 'तुम्हें जो लगे अच्छा, वही मेरी इच्छा।' जब ऐसा स्वीकार भाव होगा, प्रेम का भाव होगा, तभी आप इमोशन को जैसा है वैसा देख पाएँगे। फिर आप देखेंगे कि उसका असर खत्म हो गया है।

इतना ही नहीं इमोशन को साक्षी भाव से देखने की वजह से आपके अंदर दबी और भी कई चीज़ें बाहर निकल जाती हैं। यह किसी हुक की तरह काम करता है। जब आप इमोशन को साक्षी भाव से देखते हैं तो सिर्फ उस एक इमोशन से मुक्त नहीं होते, बल्कि उससे संबंधित उन सारे इमोशन्स से मुक्त हो जाते हैं, जो आपके अंदर गहरे दबे होते हैं। अगर कोई निरंतरता से साधना करे तो बचपन से लेकर आज तक उसके अंदर जितने भी इमोशन्स दबे होंगे, जितनी भी गाँठें और वृत्तियाँ होंगी, वे सब निकल जाएँगी और उस इंसान को अचानक महसूस होगा कि उसके अंदर एक तरह का हलकापन आ गया है।

इमोशन से मुक्त होने की इस प्रक्रिया में याद रखें कि सिर्फ एक-दो बार साधना करके और इमोशन को साक्षी भाव से देखकर यह जानने के चक्कर में न पड़ें कि हलकापन आया या नहीं। सिर्फ उसे निरंतरता से जारी रखें और आश्चर्य का इंतज़ार करें। फिर एक दिन अचानक ही आपको महसूस होगा कि आपके अंदर कोई सकारात्मक बदलाव आया है यानी सब हलका लगने लगा है। फिर आपको यह देखकर आश्चर्य होगा कि 'मेरे सामने एक घटना घट रही है लेकिन मुझे कुछ नहीं हो रहा है, जबकि पहले ऐसी ही घटना से मैं परेशान हो जाता था लेकिन अब न जाने क्यों, कुछ भी नहीं हो रहा है।'

इस प्रक्रिया को थोड़ी प्रेरणा की ज़रूरत होती है इसलिए जब तक इंसान को इसके सबूत नहीं मिलते, उसे इस पर पूरा विश्वास नहीं होता। जिस तरह दिवाली के बहाने आपको प्रेरणा दी जाती है कि 'सफाई करो, इंसाफ करो,' उसी तरह इसमें भी प्रेरित होने की ज़रूरत होती है।

# 11

## गलत विचारों की चींटी

**सवाल –** मेरे अंदर बार-बार यह विचार आता है कि मुझे जीवन में आर्थिक आज़ादी मिलनी चाहिए लेकिन यह अब तक सिर्फ एक विचार ही है। मेरी यह सोच सच्चाई कब बनेगी? अंदर से घबराहट रहती है। बचपन में ही मेरे अंदर ऐसी कोई प्रोग्रामिंग हुई है या कोई और कारण है, जिसकी वजह से अभी तक आर्थिक आज़ादी नहीं मिली है?

**जवाब –** आपके जीवन पर सभी चीज़ों का मिला-जुला असर है। लेकिन आपको अपने अतीत को पकड़कर नहीं बैठना है और न ही यह सोचना है कि किसी और की वजह से ऐसा हुआ है। अब तक आपको जो मार्गदर्शन मिला है, जो सीखा हैं, उससे सब सुलझ सकता है। इसलिए चिंता करने की कोई ज़रूरत नहीं है। ज़रूरत है तो सिर्फ इस बात की कि आपको जो आर्थिक आज़ादी चाहिए, उससे आपको प्यार हो। जिस चीज़ से आपको प्यार होता है, वह जीवन में आती है। अगर आपको आज़ादी से प्यार है तो वह भी आ जाएगी। हो सकता है कि बीच में मन उदास हो जाए और शिकायत करे कि 'ऐसा नहीं हो रहा, वैसा नहीं हो रहा।' लेकिन आपको उसके चक्कर में नहीं फँसना है। उस समय आपको समझदारी से काम लेना है क्योंकि वही एक ऐसा समय है, जिसमें आप परेशान और दु:खी होते रहेंगे तो अपने ही लक्ष्य में बाधा बन जाएँगे।

इंसान को यह दिखाई नहीं देता कि वह अपने ही लक्ष्य के रास्ते में बाधा बन रहा है। हालाँकि उसे दूसरों के मामले में सब कुछ तुरंत दिखाई देता है क्योंकि वह दूसरे के काम में टाँग अड़ाता है। लेकिन जब हम अपने ही कार्य में अपनी टाँग अड़ाते हैं तो वह हमें नहीं दिखता। दरअसल परेशान और दु:खी करनेवाले विचार आते ही आपको उन्हें निकालकर बाहर कर देना चाहिए।

जैसे अगर आप खाना खाने बैठे हैं और उसमें चींटी आ जाए तो आप क्या करते हैं? उसे बाहर निकाल देते हैं। फिर दूसरी चींटी आ जाती है तो उसे भी निकालकर बाजू में रख देते हैं। फिर वापस तीसरी आएगी तो क्या करेंगे? उसे भी निकाल देंगे।

ठीक इसी तरह जब भी डर के या नकारात्मक (डिप्रेस करनेवाले) विचार आएँ तो यह समझ जाएँ कि खाने में चींटियाँ आ गई हैं और इन्हें बाहर निकालना है। आपको खुद को यह बात बतानी होगी।

आम तौर पर लोग ऐसे समय पर गलती कर देते हैं क्योंकि उन्हें लगता है कि अगर डिप्रेशन आया है तो डिप्रेस (उदास) होते रहना है। जबकि हकीकत में यह मौका

है, अपनी प्रार्थना को बल देने का। आपने जिस चीज़ के लिए प्रार्थना की है, वह आपके पास आ ही रही है, परंतु आपके नकारात्मक विचारों की वजह से रास्ते में ही अटक रही है।

दरअसल वह विचार रूपी चींटी आपको यह बता रही है कि 'तुम्हारा काम अटक रहा है।' ऐसे में सामान्य ज्ञान यही कहता है कि 'जो चीज़ अटका रही है, उसे निकाल दो। फ्री फ्लो में जो भी कंकड़ आ रहे हैं, उन्हें निकाल दो।' आपको बस इतना ही करना है। और अगर आप इन कंकड़ों को नहीं निकालेंगे तो अड़चनें बढ़ती जाएँगी। लोग बार-बार वही गलती करते हैं।

याद रखें कि जो आपको नहीं होते हुए दिख रहा है, वह दिखावटी सत्य है। दिखावटी सत्य यानी जो सिर्फ दिखाई देता है, असल में वह सत्य नहीं होता। लोग शिकायत करते हैं कि हमसे फलाँ चीज़ नहीं हो पा रही और फिर वे इसी बात को लेकर दुःखी होना शुरू हो जाते हैं यानी अपने ही काम में बाधा बन जाते हैं। जबकि आपको उसी वक्त अपनी प्रार्थना को बल देना चाहिए। आप जो भी चाहते हैं वह होने ही वाला है, वह होकर ही रहेगा, यह विश्वास रखें। आपको खुद को बताना है कि 'अब मुझे रहस्य मालूम पड़ गया है, अब मेरा काम नहीं अटकनेवाला, मैं सिर्फ आगे ही जानेवाला हूँ। अब मेरा संपूर्ण विकास होगा, मेरे अंदर जो भी नकारात्मक, दुःखद विचार गए हैं, उनके मिटने का समय आ गया है। अब मुझे कोई भी चीज़ रोक नहीं सकती है इसलिए मुझे मेरा लक्ष्य मिलने ही वाला है और मिल भी रहा है क्योंकि मैं ग्रहणशील हो चुका हूँ।'

आपको खुद को यह सब याद दिलाना है और जब भी चींटी दिखे तो समझ जाना है कि आपको दुःखी नहीं होना है केवल उसे बाहर निकाल देना है। खुद को यह बताने और उस अनुसार क्रिया करने का अर्थ है कि अब आप दुःखद विचारों को तवज्जो नहीं देंगे। फिर देखेंगे कि आपके चेहरे पर दुःख नहीं, हमेशा मुस्कराहट होगी।

खण्ड ४
# भावनाओं का सार

## फाइव स्टार होटल

आप एक फाइव स्टार होटल के मालिक हैं। आपके होटल में जो भी किराएदार रहने के लिए आते हैं, वे आपसे बहुत खुश हैं। क्योंकि आपने आज तक अपने किराएदारों से कभी किराया नहीं लिया है बल्कि जब वे होटल छोड़कर जा रहे होते हैं तब उन्हें किराया दिया है।

क्या आप अपने इस होटल के बारे में जानते हैं?

.

.

.

अब किराया लेने का समय आया है।

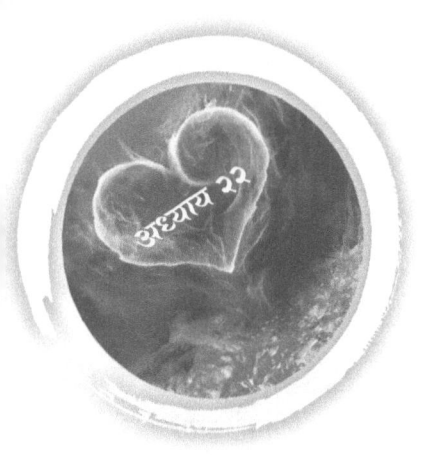

# आपका फाइव स्टार होटल

## नकारात्मक भावनाओं का डेरा

एक बड़ा सा फाइव स्टार होटल है। इस होटल की इमारत बहुत ही सुंदर और अद्‌भुत है। उस होटल में कई सारी सुविधाएँ उपलब्ध हैं। उसमें एक बड़ा सा टेरेस है, गेट है, पार्किंग भी है। हर जगह आप आसानी से घुम-फिर सकते हैं। होटल में कई सारे कमरे और छोटी-छोटी खिड़कियाँ हैं। आप उस होटल में बड़े मज़े से रहते हैं। पहले तो आप होटल में बहुत सिकुड़ा हुआ महसूस करते हैं। परंतु जैसे ही आपको सुविधाओं से भरा कमरा रहने के लिए मिलता है तो आप कमरे में जाते ही सीधे पलंग पर लेटकर आराम फरमाते हैं।

एक दिन अचानक आप देखते हैं कि उस होटल में कुछ स्मगलर्स (अपराधी) घुस आते हैं। ये स्मगलर्स अपने-अपने एरोप्लेन से आते हैं। कुछ स्मगलर्स एरोप्लेन से सीधे होटल के टेरेस पर उतरते हैं तो कुछ बाल्कनी में। एक तरह से वे उस होटल पर कब्ज़ा कर लेते हैं। ये स्मगलर्स होटल में कई दिनों तक रहते हैं, लोगों को परेशान करते हैं, दु:खी करते हैं, मुफ्त में खाना खाते हैं और होटल की सारी सुविधाओं का आनंद भी लेते हैं। और तो और जब वे होटल से चेक आऊट करते हैं तब होटल के मालिक को किराया देने के बजाय उससे किराया वसूल करके जाते हैं।

यह होटल कहीं और नहीं है बल्कि आपका पंचभूति शरीर ही फाइव स्टार होटल है। ईश्वर की कृपा से यह शरीर आपको मिला है और आप इस होटल के मालिक हैं। जो स्मगलर्स होटल में घुस आए हैं, वे हैं नकारात्मक इमोशन्स। ये इमोशन्स आपके शरीर में कहाँ-कहाँ घुस आते हैं आइए देखें-

*१. अपनी आँखें बंद करें।*

*२. अब अपने शरीर के भीतरी अंगों को एक-एक करके देखें। आपके शरीर रूपी होटल में अलग-अलग जो कमरे हैं वे हैं- नाभी के ऊपर, मध्य भाग में, नाभी के नीचे, नाभी के दोनों बाजू में, फेफड़ों के बाजू में, पीठ में, पेट में इस प्रकार ये छोटे-छोटे कमरे हैं।*

*३. इस शरीर रूपी होटल के हर कमरे की खिड़कियाँ हैं आँख, कान, नाक, ज़ुबान, मुँह जिनसे इमोशन्स झाँकते हैं। कोई इमोशन आँख से जुड़ जाता है तो आँसू बनकर बह आता है। इस तरह इमोशन्स ने आपके शरीर पर कब्ज़ा करके रखा है।*

*४. अब हमें अपने शरीर को इन इमोशन्स से मुक्त करना है।*

*५. धीरे-धीरे आँखें खोलें।*

हर इंद्रिय से ईश्वर, सेल्फ अपनी उच्चतम अभिव्यक्ति करना चाहता है। इंसान का शरीर सेल्फ की उच्चतम अभिव्यक्ति के लिए बनाया गया है। दरअसल यह फाइव स्टार होटल आपके लिए वरदान है परंतु जब इस फाइव स्टार होटल में कई स्मगलर्स घुस आते हैं तब यह वरदान अभिशाप बनने लगता है। स्मगलर्स यानी इंसान के मन में उठनेवाली नकारात्मक भावनाएँ। ये स्मगलर्स आपकी हृदय की खिड़की से अंदर आते हैं और आपका चेतना रूपी धन लूटकर जाते हैं। इंसान को पता ही नहीं है कि उसके नकारात्मक विचार उसके शरीर को कैसी हानि पहुँचा रहे हैं। मन में उठनेवाली अलग-अलग भावनाओं को इंसान रोक नहीं पाता। सारी भावनाएँ अपने-अपने एरोप्लेन से आती हैं और कभी टेरेस यानी दिमाग में तो कभी बाल्कनी यानी हृदय पर आकर पेट में उतरती हैं। इस तरह ये भावनाएँ शरीर के अलग-अलग कमरों (अंगों) में घुस आती हैं।

जैसे जब इंसान का कोई रिश्तेदार अचानक गुज़र जाता है, तब डर का इमोशन पहले उसके हृदय में आता है और वहाँ से होकर वह आँखों में आता है। यानी उस घटना पर इतने नकारात्मक विचार आते हैं कि इंसान की आँखों से आँसू बहने लगते

हैं। इस तरह ऐसे इमोशन्स जब गहराई में हमारे अंदर प्रवेश करते हैं तो हार्ट अटैक जैसी बीमारियों को जन्म देते हैं।

इस प्रकार हर इमोशन अपना-अपना कमरा चुनता है। जैसे क्रोध आ गया तो उसने अपना कमरा ले लिया। डर अपना कमरा चुनता है। व्याकुलता, चिंता अपने कमरे में जाती हैं। घृणा अपना कमरा लेती है। भिखारी का चेहरा या इंसान की नाक साफ करने की आदत देखकर या फिर गंदगी देखकर घृणास्पद महसूस होता है। व्याकुलता आती है तो किसी भी कमरे में आकर बैठ जाती है। उसने अपने लिए एक कमरा चुन लिया। धीरे-धीरे समझ में आते जाएगा कि कौन सी भावना, कौन से कमरे में रहना पसंद करती है... कौन सी भावना दो-दो कमरे एक साथ लेती है...। जब भी आप कोई बुरी खबर सुनते हैं या आपको डर आता है तो यह भावना एक कमरे से दूसरे कमरे में चली जाती है। कभी-कभी यह भावना पीठ तक पहुँच जाती है। पीठ में हलचल ज़्यादा हो रही है तो आप उस भावना को कैसे देखते हैं और कैसे देखना चाहिए।

## झूठी कथाओं के चने

बाहर के फाइव स्टार होटल में जब किराएदार आते हैं तो वे किराया देकर जाते हैं। मगर आपके शरीर रूपी होटल में आनेवाले भावना रूपी किराएदारों ने आपको आज तक कितना किराया दिया है? यह सोचनेवाली बात है। उलटा वे तो आपसे ही किराया लेकर गए हैं। इमोशन जब आया तब वह छोटा था, पतला था। आपने उसे कमरे में अच्छे से फैलने का मौका दिया।

जैसे जब आप होटल में जाते हैं तब अपने कमरे में जाते ही अपना सारा सामान बाजू में रखकर सीधे बेड पर फैलकर आराम फरमाते हैं। उसी प्रकार आपके शरीर में आया हुआ इमोशन पहले तो सिकुड़ा हुआ रहता है मगर बाद में वह अपने पैर फैलाकर बैठ जाता है। इंसान से यह गलती होती है कि वह उस इमोशन में उलझकर उसकी खूब खातिरदारी करता है। उसे अपने मन की कथाओं के चने खिलाकर मोटा करता है। इससे ॲसिडिटी हो जाती है और फिर वह शरीर के उस कोने में फैल जाती है, जहाँ पर वह इमोशन आया था। फिर आपका शरीर शिकायत करता है कि सीना भारी हो गया है... जलन हो रही है...। इमोशन के इस असर को आप अपने शरीर पर महसूस करते हैं।

झूठी कथाओं के चने खिलाने की वजह से वह इमोशन शरीर में फैल जाता है और पूछता है कि 'इसका अटैच रूम कौन सा है? जैसे दुःख का इमोशन आए तो उसके

लिए अटैच रूम है हमारी आँखें। इमोशन का असर आँखों पर आ जाता है और फिर आँसू बहते हैं। जब दुःख आता है तो पहले वह अपने कमरे तक ही सीमित रहता है। उस समय आँखों से आँसू नहीं निकलते। दुःख में जब इंसान अपनी कथाओं के चने खाता है यानी कथाएँ बनाने लगता है तब दुःख बढ़ने लगता है। जैसे कोई मुझे पसंद नहीं करता... कोई मुझे प्यार नहीं करता... कोई मुझे नहीं चाहता... मुझ पर कोई ध्यान नहीं देता... मेरे साथ सभी भेदभाव करते हैं... घर के लोग मेरी कोई बात सुनते नहीं हैं... आदि। इतनी सारी कथाएँ बना-बनाकर इंसान दुःख को और बढ़ाते रहता है। फिर वह दुःख का इमोशन आँसुओं के रूप में बहने लगता है।

यदि आपके कमरे में आनंद का इमोशन है और यह आनंद पूरे कमरे में फैल गया तो अब उसे जगह कम पड़ रही है इसलिए उसे भी अटैच रूम चाहिए। मुँह उसका अटैच रूम है। जब वह आपके शरीर रूपी होटल के कमरे में समा नहीं पा रहा है तो वह बाहर निकलना चाहता है इसलिए आपकी हँसी निकलती है। आनंद का इमोशन स्मगलर या दुर्जन नहीं है, वह सज्जन है। आनंद का इमोशन हँसी के ज़रिए बाहर निकलता है। हर इमोशन जब पूरे रूम में फैल जाता है तब वह अटैच रूम में जाता है और वहाँ से बाहर निकलता है।

आइए, अगले अध्याय में जानें कि हमें इमोशन रूपी पेईंग गेस्ट से किराया कैसे वसूल करना चाहिए।

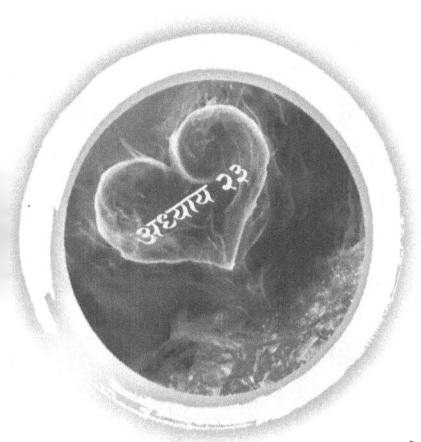

# फाइव स्टार नर्क

### प्रज्ञा, प्रेम और आत्मविश्वास का किराया

नकारात्मक भावनाओं से भरा इंसान हर दिन फाइव स्टार नर्क में रहता है। यह कोई साधारण नर्क नहीं है। इसमें इंसान हर भावना पर दुःखी होता है और सोचता है, 'ऐसा क्यों हो रहा है... वैसा क्यों हो रहा है...?' उसके भीतर सतत नकारात्मक भावनाएँ उभरती हैं। जैसे- कितना बोर हो रहा है... डर आ रहा है... भविष्य की चिंता हो रही है... गुस्सा आ रहा है... घृणा हो रही है... नफरत उभर रही है... आदि।

अगर कुछ आतंकवादी (नकारात्मक विचार) होटल में घुस आते हैं तो वे पूरे होटल पर कब्ज़ा जमाते हैं। फिर होटल (शरीर) में पूरा आतंक फैल जाता है। यही कारण है कि डर की कोई घटना होती है तो लोग चक्कर आने की वजह से बेहोश हो जाते हैं। इस आतंक से होटल की पूरी इमारत ही ढह जाती है, उसकी नींव हिल जाती है। जो कमज़ोर दिलवाले लोग होते हैं, उन्हें तुरंत हार्ट अटैक ही आ जाता है।

**समझ साधना**

जब तक आपको साधना नहीं मिलती, समझ नहीं प्राप्त होती तब तक तो आपके

होटल के किराएदार आपको किराया नहीं देते बल्कि आपसे किराया लेकर जाते हैं। जैसे ऑफिस में बॉस आप पर चिल्लाता है तो आप उसके सामने शांत बैठते हैं या कोई सास अपनी बहू पर चिल्लाती है तो वह बहू शांत बैठती है। इसमें इनाम किसे मिलना चाहिए, जो चिल्ला रहा है उसे या फिर जो शांत बैठा है उसे? दरअसल शांत बैठनेवाले को ही इनाम मिलना चाहिए मगर चिल्लानेवाले को इनाम मिलता है।

आपके होटल में जो किराएदार रहने के लिए आ रहे हैं, उनसे किराया लेने के लिए पहले आपको सहमत होना है। आपके शरीर रूपी होटल में आनेवाला हर इमोशन, हर भावना आपको किराया देकर जाए, इसके लिए आपको साधना करनी होगी। जो बाल्कनी के बीचों-बीच बने ऑफिस (हृदय) में बैठा है, जो हॉटेल का मालिक है अर्थात जो असल में आप हैं, उसे समझ एवं ज्ञान मिलना आवश्यक है।

यहाँ पर किराया है- प्रज्ञा, आत्मविश्वास और प्रेम। सभी भावनाएँ आपको यह किराया देकर ही जाएँ, इसकी जाँच रखें। भावना उभरते ही तुरंत साधना शुरू होनी चाहिए। घटना होते हुए... चलते हुए... उठते हुए... बैठते हुए... जब भी समय मिले तब आँखें बंद करके आए हुए इमोशन को गहराई से देखें। इमोशन चाहे आपके शरीर में कितने भी समय के लिए रहें, जाते समय वह आपको प्रेम, प्रज्ञा और आत्मविश्वास देकर जाएँ। मगर होता उलटा ही है, इमोशन आता है और जाते समय वह आपसे ही किराया माँगता है और आप भी उसे किराया दे देते हैं। जबकि किराया देने से पहले आपको यह सोचना चाहिए था कि 'किराया किसे देना था? मैं कैसे फँस रहा हूँ?' अर्थात आप उस इमोशन में उलझते हैं, परेशान होते हैं, दुःखी होते हैं। इस तरह की गलतियाँ अब बंद होनी चाहिए।

ऐसी गलतियों से बचने के लिए आपको अपने इमोशन्स को अलग होकर देखना सीखना है। उस इमोशन की इतनी मेहमान नवाज़ी नहीं होनी चाहिए, जिससे वह मोटा हो जाए। अब उस इमोशन को मेहमान के रूप में या किराएदार के रूप में, किस प्रकार देखना है यह आपको तय करना है। अगर आपने इमोशन को अच्छा खाना खिलाया होता, प्रार्थना की होती तो वह मोटा होने के बजाय पतला हो जाता।

इसमें समझ यह होनी चाहिए कि दुःख या अन्य कोई इमोशन हमारा मेहमान है, पेईंग गेस्ट है। पेईंग गेस्ट यानी उसे प्रज्ञा, प्रेम और आत्मविश्वास आपको देना है। वह इमोशन थोड़े समय के लिए आया है, रहेगा और चला जाएगा। जाते समय यह पेईंग गेस्ट आपको आत्मविश्वास देकर जाए, आपकी प्रज्ञा जगाकर जाए और आपको प्रेम

का महत्त्व बताकर जाए। सच्ची साधना करने से ही आप वासना और प्रेम की भावनाओं को अच्छी तरह से समझ पाएँगे। इन भावनाओं से अगर सही किराया नहीं लिया गया तो आप हमेशा उलझन ही महसूस करेंगे।

लोगों से अकसर एक गलती होती है। वे एक इमोशन को निकाल देते हैं मगर तुरंत दूसरा इमोशन वह जगह ले लेता है। अगर ज्ञान और समझ नहीं है तो वह पहले से ज़्यादा दुर्गती करता है और इस कारण आपका विकास नहीं होता। इसीलिए 'खाली होने और खाली रख पाने' की साधना सीखना आवश्यक है। खाली समय में खाली होने और सही बीज डालने की कला हर एक को आनी चाहिए। वरना खाली समय में लोग बोर होते हैं और ऐसी गलतियाँ करते हैं कि पहले से ज़्यादा दुर्गती होती है। इसलिए इमोशन्स से मुक्ति की साधना को समझना बहुत आवश्यक है।

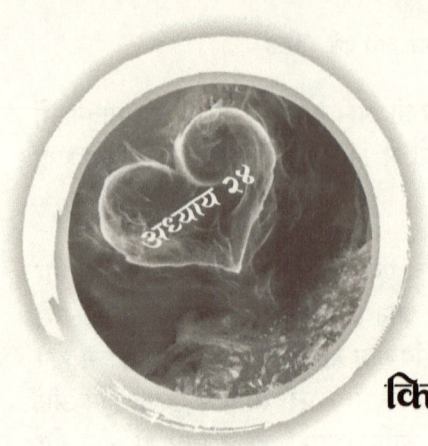

# किराया वसूल कैसे किया जाए

## साँस पर हो काम

हमारा शरीर प्रेम, आनंद, मौन की अभिव्यक्ति के लिए बना है। मगर जैसे ही इस शरीर रूपी होटल का कोई कमरा खाली होता है तब तुरंत कोई न कोई इमोशन आकर उस कमरे को बुक करता है। इसके साथ ही उस इमोशन को कथाओं के चने खिलाकर उसकी खूब खातिरदारी भी की जाती है। लेकिन समझ प्राप्त होने के बाद आपसे ऐसी गलती नहीं होगी।

हमारे इस होटल में नाक का कमरा बहुत सारी नकारात्मक भावनाओं का, स्मगलर्स का अॅटेच रूम है यानी इन इमोशन्स के साथ साँस बदलती रहती है। यह बहुत ही महत्वपूर्ण बात है। यदि आप जानना चाहते हैं कि कोई नकारात्मक इमोशन कितने अंदर तक फैला है तो आपकी साँस की गति से आपको यह पता चल जाएगा। इसलिए आपको साँस पर ध्यान करना चाहिए। सहज, सरल वातावरण में यह ध्यान होना चाहिए। उस समय यदि क्रोध, दुःख या डर का इमोशन आए तो अपनी साँस की गति पर ध्यान देना है। इमोशन की तीव्रता के साथ साँस कम या ज़्यादा होती रहती है। जब भी ऐसा कोई इमोशन आप पर हावी हो तब आपको अपनी साँस पर कार्य करना है।

हर इमोशन के साथ आपको अपनी साँस को सही मात्रा में लेना है। जब शरीर

रूपी होटल का कोई कमरा अच्छे विचारों से भरा होता है तो वहाँ सकारात्मक भाव रहते हैं। सकारात्मक भाव निकलने के बाद नकारात्मक भाव तुरंत कमरे में घुस आते हैं। इससे हमारे होटल (शरीर) का नुकसान ही होता है। जब नाक के कमरे में कोई इमोशन नहीं होता तब केवल ऑक्सीजन लेने का कार्य होता है। लेकिन नकारात्मक इमोशन आने पर आप ऑक्सीजन कम कर देते हैं और अपनी साँस को धीमा कर देते हैं। इससे आपका ही नुकसान होता है। इसलिए हमेशा ध्यान रहें कि कोई भी नकारात्मक खबर सुनते समय अपनी साँस को नियंत्रण में रखें। अलगाव के साथ खबर सुनें। अगर आपने साँस को धीमा कर दिया तो तुरंत इमोशन को अंदर आने का मौका मिलता है।

नकारात्मक इमोशन आने पर भी यदि आप अपनी साँस पर काम कर रहे हैं, सजगता से साँस ले रहे हैं तो आप देखेंगे कि उस इमोशन की ताकत धीरे-धीरे कम होती जाएगी। रोज़मर्रा के जीवन में कई सारी छोटी-मोटी नकारात्मक बातें होती रहती हैं। उनमें भी यदि आप अपनी साँस पर ध्यान करेंगे तो उस इमोशन की ताकत खत्म हो जाएगी। फिर आप कहेंगे, 'नकारात्मक इमोशन आया और मुझे आत्मविश्वास का किराया देकर चला गया।'

आपके होटल में थोड़े समय के लिए आया हुआ पेईंग गेस्ट आप पर हावी न हो, इसके लिए आपको अपनी समझ बढ़ानी है। ताकि ऐसी अवस्था आए कि पेईंग गेस्ट आए और आपको किराया देकर तुरंत चला जाए। इसका अर्थ ही आपके शरीर में जो भी सकारात्मक या नकारात्मक भावना उभर रही है वह आपको प्रेम, विश्वास, आनंद, प्रज्ञा और मौन रूपी किराया देकर जाए। यदि पेईंग गेस्ट के आने से आपकी समझ और सजगता पहले से अधिक बढ़ती है तो आप सही दिशा में जा रहे हैं।

दरअसल इन सारी भावनाओं को हँसते-हँसते देखना चाहिए, न कि अपनी साँस को रोककर। आपका शरीर रूपी होटल बहुत बढ़िया है, इसमें हमेशा अच्छे पेईंग गेस्ट आने चाहिए।

इमोशन के साथ दुःख की भावना आना यह दर्शाता है कि दुःख के पेईंग गेस्ट ने आपसे ही किराया लिया। इतना ही नहीं, जाते समय अपने बच्चों को भी वह आपके पास छोड़कर गया। इमोशन के बच्चे यानी भूतकाल में घटी नकारात्मक घटनाओं के विचार। अब ये बच्चे आपके भीतर पल-बढ़कर मोटे हो रहे हैं क्योंकि आप उन्हें कथाओं के चने खिला रहे हैं। इस प्रकार पुरानी घटनाओं के कुछ इमोशन्स जो दबे हुए हैं, इंसान के मन में उनका गठबंधन बनता है। इंसान को पता ही नहीं चलता कि यह गठबंधन कैसे तैयार हुआ।

अगर आप लंबे समय तक समझ के साथ निरंतर साधना करेंगे तो आपके भीतर से ये सारे बच्चे बाहर निकलते जाएँगे। धीरे-धीरे आप खाली होते जाएँगे। अब खाली होने के बाद यह मन फिर से नकारात्मक विचारों से न भर जाए, इसके लिए आपको सजग रहना चाहिए। जब आप प्रेम, आनंद, मौन से भर जाएँगे तब आपका शरीर रूपी फाइव स्टार होटल आपको आजीवन आनंद ही देगा।

यदि आप अपना किराया वसूल करने में माहिर हो चुके हैं तो कितना भी बड़ा आतंकवादी (नकारात्मक इमोशन) हो, आप उससे डरेंगे नहीं। क्योंकि आपकी साधना इतनी हो चुकी है कि आप चतुराई से उस आतंकवादी से अपना किराया वसूल करेंगे।

आप अपने शरीर रूपी होटल को मौसम के अनुसार कलर लगाते हैं ताकि कोई भी मौसम (सुख-दुःख, अच्छी-बुरी भावना) आपके होटल को गिरा न सके, कोई दीमक या तूफान होटल की नींव को उखाड़ न सके। यह आत्मविश्वास ही आपका किराया है। हर दिन अपने आपसे पूछें कि 'मुझे यह किराया मिल रहा है या नहीं?' आज के बाद आप हर इमोशन से किराया लेंगे और इमोशन से कहेंगे कि 'तुम इस शरीर में पेईंग गेस्ट हो, तुम्हें पे करना है। हमने तुम्हें यहाँ पर रहने दिया, अब किराया दो और चले जाओ।' इस तरह से हर छोटे-मोटे, खोटे इमोशन्स आपके शरीर से बाहर निकल जाएँगे।

खोटे इमोशन यानी वास्तव में कुछ हुआ नहीं होता है। परंतु भ्रम की वजह से कोई इमोशन उभरकर आता है। जैसे रस्सी पड़ी थी और अंधेरे की वजह से आपने उसे साँप समझ लिया। डर के मारे आपकी चीख निकल गई। यह है, खोटा इमोशन। आपके चिल्लाने से पूरे होटल की लाइट जल गई और पता चला कि वह साँप नहीं रस्सी थी। इसका अर्थ वह इमोशन था ही नहीं, वह तो रस्सी थी। इस प्रकार जब आप इन इमोशन्स को कथा के चने नहीं खिलाएँगे तो पता चलेगा कि ये कितने खोटे हैं। आपको लग रहा था कि यह गेस्ट आया है मगर वह खोटा था।

## 'ज' पर साधना और लाइट

साधना के साथ हर कार्य अच्छे ढंग से पूर्ण होता है। मगर इंसान को साधना करने का सही तरीका मालूम न होने की वजह से वह गलतियाँ करता रहता है। जीवन की हर परिस्थिति यही बता रही है कि पहले जो लेबल लगे हुए हैं, उन्हें हटाकर अब नए दृष्टिकोण से देखना सीखें। चाहे कितना भी बड़ा इमोशन आए, उसे खुशी से देखने का अभ्यास करें।

क्रोध आने पर लोग अकसर यह कहते हैं कि 'मुझे क्रोध आया है, मैं क्या करूँ?' तब उन्हें यही कहा जाता है कि 'क्रोध आने पर आप कुछ भी करेंगे या कहेंगे तो वह

गलत ही होगा। इसलिए बेहतरी इसी में हैं कि जब भी क्रोध आए तो शांत बैठें। लेकिन इसके लिए पहले साधना का निरंतर अभ्यास ज़रूरी है।' कोई नकारात्मक घटना या विचार आए या न आए, आपको प्रतिदिन साधना करने का नियम ही बनाना चाहिए। वर्तमान में तो अच्छी-बुरी दोनों घटनाएँ होती रहती हैं लेकिन कभी-कभी इंसान भूतकाल की घटनाओं को याद करके भी दुःखी हो जाता है। साधना करने के लिए ऐसे सारे इमोशन्स को मौका बनाना चाहिए लेकिन दुःख की भावना से ये इमोशन्स धोखा बन जाते हैं।

बॉस की डाँट सुनकर भी यदि आप शांत रहें तो आपको इनाम मिलना चाहिए। इनाम मिला इसका अर्थ ही आप सही दिशा में जा रहे हैं। वरना इंसान दिन-ब-दिन अपना आत्मविश्वास खोता जा रहा है। 'मेरा बॉस ऐसा है... मेरा जॉब ऐसा है...', इसी विचार से जब आप दूसरी कंपनी में जाएँगे तो फिर से आपको वैसा ही जॉब और बॉस मिलेगा। इसलिए इस बात पर गौर करें कि आपके जीवन में हमेशा नकली माल क्यों आता है? क्योंकि आप दूसरा जॉब पाने के लिए दुःख की चेतना से ही गए। 'लोग गलत हैं', इस विचार के साथ आप जहाँ पर भी जाएँगे, आपके जीवन में वैसे ही लोग आकर्षित होंगे इसलिए सही समझ से जाएँ।

### संभावना, समझ, सजगता रूपी गेस्ट

आप अपने शरीर रूपी फाइव स्टार होटल के मालिक हैं। आपको अपने गल्ले से पैसे यानी किराया निकालकर देना नहीं है बल्कि किराया लेना है। इसका अर्थ ही नकारात्मक इमोशन आने पर आपको दुःखी, परेशान होकर उन्हें किराया नहीं देना है बल्कि प्रेम, आनंद, मौन रूपी किराया वसूल करना है। आपके शरीर रूपी होटल में आनंद का गेस्ट आएगा तो आपके लिए कितना सहज, सरल हो जाएगा। आप चाहेंगे कि ऐसे ही आनंद के साथ जीवन बीते।

जब सुख के साथ-साथ दुःख में भी आपका आनंद बरकरार रहेगा, आपका हर क्षण आनंद में ही बीतेगा तो फिर अचानक एक दिन आपको पता चलेगा कि आप चेतना के सातवें स्तर पर हैं। अब जीवन में सब कुछ हँसते-हँसते हो सकता है। इसके लिए आपको संभावना, समझ और सजगता जैसे गेस्ट को हमेशा अपने होटल में रखना है। ये गेस्ट आपके साथ होंगे तो हमेशा आपके चेहरे पर हँसी दिखाई देगी।

बीच में कोई समस्या या तनाव का गेस्ट आए तो भी आपके चेहरे पर हँसी ही आएगी। अब कोई भी गेस्ट आए, आप यही कहेंगे कि 'मेरा मेनू रेडी है। अब मैं फँसनेवाला नहीं हूँ। आज तक मैं फँस रहा था, अकाउंट्स देख-देखकर, उसमें कम हो

रहे पैसे (कम हो रही चेतना की दौलत) देखकर दुःखी हो रहा था। पहले मुझे यह समझ में नहीं आ रहा था कि ऐसा क्यों हो रहा है। मगर अब मुझे सब कुछ समझ में आने लगा है।'

होटल में आनेवाले गेस्ट को यदि सही सिग्नल (इशारा) दिया जाएगा तो विचारों के स्मगलर्स आना बंद हो जाएँगे। बेहोशी और अज्ञान में इंसान खुद ही गलत सिग्नल देता है इसलिए नकारात्मक इमोशन्स होटल में आ जाते हैं। जैसे होटल की बाल्कनी के बाहर बोरडम का बोर्ड लगा दिया तो उससे संबंधित सारे इमोशन आपके शरीर रूपी होटल में आ जाएँगे। बोरडम में इंसान कई तरह की गलत बातें करता है, अपने ही होटल पर गलत बोर्ड लगाता है। इसलिए नकारात्मक इमोशन आ जाते हैं। अब समय आया है जागने का, सजग होने का ताकि ऐसे इमोशन्स से आप मुक्त हो सके। जागने से ऐसे इमोशन्स आने बंद हो जाएँगे।

कभी-कभार कोई दुःख या डर का इमोशन आ जाए तो आप उससे किराया लेकर उसे तुरंत बाहर निकालेंगे। अब आपने हर इमोशन को देखना सीखा है। जैसे बारिश के मौसम में बिजली कड़कती है तो तुरंत कथा बनती है कि 'लगता है, बिजली मेरे घर पर ही गिरनेवाली है।' लाईट बंद हो गई तो लोग उसके लिए ज़िम्मेदार अधिकारियों को गालियाँ देते हैं। लेकिन अब हर भावना को आप बिना डरे देखेंगे। उस समय समझ यह होगी कि 'अभी लाईट चली गई है यानी इसकी ज़रूरत है।' इस परिस्थिति को स्वीकार करके आप साधना करते रहेंगे।

फिर आप देखेंगे कि साधना के साथ हर दिन आत्मविश्वास, प्रेम और प्रज्ञा भी बढ़ रही है। 'मैं शरीर नहीं हूँ', यह दृढ़ता बढ़ती जा रही है। आप शरीर से अलग हैं और समझ की नज़र से देख रहे हैं कि जो मेहमान आया है वह अकायम है। समय के साथ उसमें बदलाहट होती रहती है। जब आप अलगाव से देखेंगे, बेबंद साक्षी यानी जो बँधा हुआ नहीं है, वह होकर अपने होटल में आए हुए गेस्ट को देखेंगे तो आप स्वयं का नुकसान कभी नहीं होने देंगे। यही कला आपको आत्मसात करनी है।

◆ ◆ ◆

# परिशिष्ट

# विचारों पर जीत के लिए पुस्तकें

## विचार नियम

**आपकी कामयाबी का रहस्य**

द पॉवर ऑफ हॅपी थॉट्स

**क्या हम सभी आंतरिक शांति को तलाश रहे हैं?**

हम अपने जीवन में आंतरिक शांति और स्थायी पूर्णता की चाहत रखते हैं। साथ ही हमें बेशर्त प्रेम और आनंद की तलाश रहती है। परंतु यह संभव नहीं लगता क्योंकि रोज़मर्रा के जीवन में चुनौतियों में हम उलझकर रह जाते हैं।

**क्या हम सभी सांसारिक सफलता पाने की चाहत रखते हैं?**

हम सभी संपन्न जीवन का आनंद लेना चाहते हैं। एक ऐसा जीवन जहाँ रिश्तों में भरपूर ताल-मेल और अपनापन हो, आर्थिक स्वतंत्रता हो और उत्तम स्वास्थ्य हो।

हम सभी अपने काम में रचनात्मक और उत्पादक बनकर सर्वोत्तम परिणाम हासिल करने की चाह रखते हैं। लेकिन ये सब हासिल करने की कीमत हमें अपनी आंतरिक शांति खोकर चुकानी पड़ती है...

**खुशखबर यह है कि अब हमें दोनों प्राप्त हो सकते हैं!**

**'विचार नियम' पुस्तक के ज़रिए –**

- अपने आंतरिक और बाहरी जीवन में ताल-मेल बिठाएँ।
- अपनी इच्छानुसार शांत और स्थिर महसूस करें।
- विचारों के पार जाकर अपने 'असली अस्तित्व' को पहचानें, जो आपकी मूल अवस्था है।
- विचार नियमों को अपने जीवन में उतारें ताकि आप अपनी उच्चतम संभावना की ओर सहजता से आगे बढ़ पाएँ।
- मौनायाम की अवस्था में रहकर प्रेम, आनंद, करुणा, भरपूरता व रचनात्मकता जैसे गुणों को अपने अंदर से प्रकट होने का मौका दें।

आइए, बीस लाख से भी अधिक पाठकों के समूह में शामिल हो जाएँ, जिन्होंने विचारों के ७ शक्तिशाली नियमों तथा मंत्रों द्वारा आंतरिक शांति और सफलता हासिल की है।

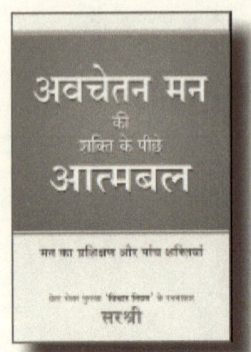

## अवचेतन मन की शक्ति के पीछे आत्मबल

मन का प्रशिक्षण और पाँच शक्तियाँ

अवचेतन मन किसी अजूबे से कम नहीं। उसे सही प्रशिक्षण दिया जाए तो वह आपके जीवन में अनोखे चमत्कार कर सकता है। पर क्या आप जानते हैं कि मानव जन्म का लक्ष्य क्या है? यदि नहीं तो आपको इस पुस्तक की जरूरत है। यह पुस्तक अवचेतन मन की शक्तियों के साथ-साथ आपकी आगे की संभावनाओं पर भी रोशनी डालती है। इस पुस्तक में आप पढ़ेंगे –

✻ अवचेतन मन को प्रशिक्षित क्यों और कैसे किया जाए?

✻ इस मन के पार कौन सी ५ शक्तियाँ हैं जो आत्मबल प्रदान करती हैं?

✻ अपने इमोशन्स को कैसे संभाला जाए?

✻ अपनी ऊर्जा को एकत्रित क्यों और कैसे किया जाए?

✻ आत्मबल से पहाड़ जैसे लक्ष्य को कैसे हासिल किया जाए?

✻ आपकी सही उपस्थिति चमत्कार कैसे करे?

✻ फल के प्रति उदासीन रहने के क्या फायदे हैं?

✻ सहनशीलता, धैर्य और अनुशासन जैसे गुण स्वयं में कैसे लाएँ?

✻ अवचेतन मन की ७ शक्तियों का सार क्या है?

# बीमारियों पर जीत के लिए पुस्तकें

### स्वास्थ्य के लिए विचार नियम

मनः शक्ति द्वारा तंदुरुस्ती कैसे पाएँ

'स्वास्थ्य के लिए विचार नियम' कोई साधारण पुस्तक नहीं है। इस पुस्तक में दिए गए सूत्र साफ, सरल और बेहद शक्तिशाली हैं। वे संपूर्ण स्वास्थ्य दिलाने में, हर बीमारी और वेदना से मुक्त कराने में आपकी शत-प्रतिशत मदद करेंगे। इस पुस्तक में पढ़ें-

* स्वास्थ्य प्राप्ति के लिए विचार नियम अनुसार विचारों में कौन से और कैसे परिवर्तन लाने चाहिए?
* दर्द और बीमारी का मानसिक स्तर पर होनेवाला असर कैसे कम करें?
* नकारात्मक भावनाओं से मुक्त होकर स्वास्थ्य कैसे पाएँ?
* स्वास्थ्य के लिए कैसे पाएँ 'पॉवर ऑफ फोकस'?
* रोज़मर्रा की ज़िंदगी में कौन से स्वास्थ्य टिप्स अपनाए जाएँ?
* शरीर के हर अंग से क्षमा मांगकर परम स्वास्थ्य की ओर कैसे बढ़ें?
* स्वीकार, स्वसंवाद और धन्यवाद से हर बीमारी से मुक्ति कैसे पाएँ?

अगर आप स्वास्थ्य की दौलत पाकर अमीर बनना चाहते हैं तो यह दवा पीना (पुस्तक पढ़ना) शुरू करें।

### ३ स्वास्थ्य वरदान

रोग मुक्ति की दवा

यह पुस्तक लोगों को यू.एफ.टी.(यूरिन फास्ट थेरेपी), बी.एफ.टी.(बॅच फ्लॉवर थेरेपी) और ई.एफ.टी.(इमोशनल फ्रीडम टेक्नीक) की जानकारी देने और इन विषयों पर जाग्रति लाने हेतु प्रकाशित की गई है। प्रस्तुत पुस्तक में इन स्वस्थ जीवन के तीन वरदानों को 'एफ.टी.त्रिकोण' के रूप में प्रस्तुत किया गया है। जिनकी उपयोगिता और स्वाभाविकता को इस पुस्तक द्वारा संक्षिप्त में जानें और अपनाएँ प्राकृतिक जीवन संजीवनी।

### स्वास्थ्य त्रिकोण

स्वास्थ्य संपन्न

इस पुस्तक के शीर्षक अनुसार यह पुस्तक स्वास्थ्य त्रिकोण के तीन मुख्य कोनों पर आधारित है, वे हैं MSY : Meal (खान-पान, काया पहचान, सूर्य स्नान), Sleep (नींद, विश्राम और ध्यान), धेसर (व्यायाम, योगासन, प्राणायाम)। इन तीनों कोनों को दो खण्डों में विभाजित किया गया है। इस पुस्तक द्वारा आप स्वयं तो लाभ लें ही और दूसरों को भी इसका लाभ देने के लिए निमित्त बनें। इस पुस्तक को मिठाई के बदले, जो लाभ से ज्यादा हानि ही करती है, उपहार में दें। इस पुस्तक द्वारा जीवन के पाँच मुख्य भाग शारीरिक, मानसिक, सामाजिक, आर्थिक और आध्यात्मिक पर काम करने से आप संपूर्ण स्वास्थ्य के हकदार बन सकते हैं।

# आर्थिक परिपक्वता के लिए पुस्तकें

## ध्यान और धन

ध्यान का धन और धन का ध्यान

**In Print**

ईश्वर ने हमें प्रेम, साहस, ध्यान और सेहत की दौलत दी है। इंसान अगर प्रेम, ध्यान, समय और साहस की दौलत प्राप्त न कर केवल पैसा कमाना, अपना लक्ष्य मान ले तो अंत में उसे पछताना पड़ता है। इसलिए जीवन में संतुलन रखना अनिर्वाय है। यह पुस्तक इसी संतुलन पर हमें मार्गदर्शन देती है। 'धन' और 'ध्यान' की सच्ची समझ हर इंसान को प्राप्त करनी चाहिए।

जीवन की दो अतियों में एक तरफ है 'ध्यान' और दूसरी तरफ है 'धन'। ध्यान हमें परमात्मा तक पहुँचाता है जबकि धन (लोभ) हमें परमात्मा से दूर कर सकता है। परंतु ऐसा होने से बचा जा सकता है। कैसे? यह युक्ति इस पुस्तक द्वारा समझें। धन का यदि सही इस्तेमाल किया जाए, उसे परमात्मा प्राप्ति के लिए निमित्त बनाया जाए तो यही धन साधन बन जाता है। इस तरह धन और ध्यान दोनों हमें स्वअनुभव प्राप्ति में सहयोग कर सकते हैं।

ध्यान की दौलत द्वारा आप अपने जीवन में संपूर्णता ला सकते हैं। यह संपूर्णता संपूर्ण ध्यान सीखकर प्राप्त करें। संपूर्ण ध्यान विधि भी इसी पुस्तक का एक अंग है। इस ज्ञान द्वारा दो अतियों के बीच में संतुलन साधकर ध्यान को धन और धन को ध्यान की दौलत बनाएँ।

## पैसा

रास्ता है, मंजिल नहीं

पैसे के पीछे लोग उन्मत्त हो जाते हैं। पैसे को ही सुख-समृद्धि का सत्य मान बैठते हैं। पैसा ही महत्त्वकांक्षा बन जाती है। लेकिन नासमझी की यही चाहत घोर कष्ट, अवसाद और व्यथा की जड़ बन जाती है। जबकि पैसा रास्ता तो हो सकता है, पर वैभव और आनंद की मंजिल कतई नहीं।

पुस्तक पैसा यही बताती है। पैसा का वशीभूत इंसान लक्ष्य से भटक जाता है। सरश्री लिखते हैं कि नासमझी में की गई लापरवाही, सुस्ती और गलत आदतें ही पैसे की समस्या है। लापरवाही से पैसा खर्च करना और ऐशो-आराम की सुस्ती से वही पैसा अभिशाप बन जाता है। अकसर लोग पैसे की चाहत में अनैतिक कदम उठा लेते हैं, जो अनंत घातक सिद्ध होता है।

तो फिर वे कौन से उपाय हैं, जिससे जीवन में पैसे की कमी न महसूस हो और इंसान वांछित आनंद व समृद्धि भी पा सके? ऐसे ही सवालों के सरल और अचूक नुस्खे इस पुस्तक में बताए गए हैं।

पुस्तक अत्यंत सरल भाषा में सटीक कहानियों के माध्यम से लिखी गई है। जो पाठकों पर अनुकूल प्रभाव डालती है। पाठक इस पुस्तक द्वारा पैसा कमाने व बचाने की समझ प्राप्त कर सकते हैं। पुस्तक इस विषय पर सच्ची मार्गदर्शक है।

# सामाजिक परिपक्वता के लिए पुस्तकें

## सुनहरा नियम

रिश्तों में नई सुगंध

एक साथ मिल-जुलकर रहने और प्यार का दूसरा नाम है परिवार पर सच यह भी है कि दुनिया में ऐसा कोई कुटुंब नहीं, जहाँ पर कभी न कभी तकरार न होती हो। सवाल यह है कि परिवार में सभी सदस्य एक-दूसरे के शुभचिंतक होते हैं लेकिन फिर भी उनके बीच झगड़े क्यों होते हैं? हर कोई चाहता है कि परिवार में सुख-शांति हो, फिर भी ऐसा नहीं होता। आखिर इसका कारण क्या है? इसी विषय पर मनन और व्यावहारिक ज्ञान से गुंथी है सरश्री की नई पुस्तक 'सुनहरा नियम'।

तेजज्ञान ग्लोबल फाउंडेशन द्वारा अत्यंत सरल और सहज हिंदी में प्रकाशित यह पुस्तक परिवार को प्रेम, आनंद और मौन के धागे से बाँधने का सही रास्ता दिखाती है।

इस पुस्तक के तीस छोटे-छोटे अध्यायों में रोचक उदाहरणों, बेमिसाल उपमाओं और जहाँ आवश्यकता है वहाँ सवाल-जवाब के जरिए परिवार को एकजुट बनाए रखने की प्रैक्टिकल बातें बताई गई हैं। चाहे वह परिवार के सभी सदस्यों को समान प्लेटफॉर्म देने की बात हो या बाहरी लोगों के उकसावे से बचाने की, क्षमा का महत्त्व हो या प्रायश्चित का रहस्य, यह पुस्तक आपको एक बार फिर से सरश्री की अनूठी समझ का कायल बना देती है।

## रिश्तों में नई रोशनी

Three step magic formula to break the glass in relationship

रिश्ते पारिवारिक भी होते हैं और सामाजिक भी। रिश्तों की प्रगाढ़ता काफी कुछ हमारे व्यवहार, दृष्टि और संप्रेषण पर निर्भर करती है। कभी-कभी अहंकार, गलतफहमी तथा बड़बोलेपन से रिश्तों में दरार पैदा हो जाते हैं और रिश्ते नफरत, ईर्ष्या तथा तनाव की भेंट चढ़ जाते हैं। रिश्ते में असहजता जीवन के उद्‌देश्य को ही प्रभावित कर डालती है।

रिश्तों को सहज बनाकर हम किस प्रकार अपना जीवन आनंदित और सुखद बना सकतें है- इसी विषय पर यह पुस्तक नई रोशनी डालती है। छह खण्डों में विभक्त यह पुस्तक रिश्तों के महत्त्व पर प्रकाश डालते हुए रिश्तों में छाए अंधकार को दूर करती है। घर-परिवार में अच्छे रिश्ते कैसे बनाए जाएँ- भाग चार में विस्तार से बताया गया है। भाग पाँच और छह में रिश्तों में नई रोशनी लाने के उपायों पर विशेष चर्चा की गई है। पुस्तक द्वारा मधुरतापूर्ण वार्तालाप से रिश्तों में पूर्णता लाने का उपाय जाना जा सकता है और रिश्तों को सफल बनाने की संपूर्ण कलाओं का परिचय भी प्राप्त हो जाता है।

पुस्तक रिश्तों पर मार्गदर्शन की एक सफल कुंजी है। पुस्तक में कहानियों के समावेश से रोचकता काफी बढ़ गई है। लेखक ने अत्यंत रोचक और कौशलपूर्ण भाषाशैली का प्रयोग कर पुस्तक को आकर्षक बना दिया है। सरल भाषा में प्रस्तुत की गई यह कृति पाठकों को प्रभावित कर उन्हें रिश्तों की नई परिभाषा से परिचित कराती है।

# आध्यात्मिक परिपक्वता के लिए पुस्तकें

## नि:शब्द संवाद का जादू
### जीवन की १११ जिज्ञासाओं का समाधान

प्राय: व्यक्ति के मन में कई ऐसे भाव व विचार आते रहते हैं जिन्हें शब्दों में व्यक्त करना संभव नहीं होता है। तब उसकी अनुभूति मौन में ही प्रकट होती है। यह सुनने, सोचने और अनुभव करने की स्थिति शून्य की अवस्था होती है। ऐसी अवस्था में उपजे गूढ़ सवालों का समाधान मौन चिंतन से प्राप्त किया जा सकता है।

सात खण्डों में प्रस्तुत यह पुस्तक ऐसे ही विचारों के जरिए हमारे उन सभी समस्याओं का निदान करती है, जो हमारे दैनिक जीवन की अनसुलझी पहेली बन जाती है। ऐसे प्रश्न अध्यात्म, ईश्वर, आत्मसाक्षात्कार और हमारे रोजमर्रा के काम-काज से भी संबंधित हो सकते हैं।

ऐसे ही विभिन्न विषयों से संबंधित १११ महत्वपूर्ण जिज्ञासाओं का सरल समाधान इस पुस्तक में बताया गया है। जिसके द्वारा इंसान सवालों के जवाबों को महसूस कर जीवन की रिक्तता को भर सकता है।

पुस्तक अत्यंत सरल और बोधगम्य भाषा में पाठकों को नि:शब्द संवाद का रहस्य बतानेवाली है। जिससे पाठक मौन अनुभूति के सत्य को समझकर जीवन को नई दिशा दे सकते हैं।

# सत् चित्त आनंद
आपके 60 सवाल और 24 घंटे

अध्यात्म में आज लोगों ने अनेक सवालों के पुराने जवाब पकड़कर रखे हैं। जैसे-

- पिछले जन्मों के कर्म आज फल देंगे। इस जीवन के कर्म अगले जन्म में फल देंगे।
- आज के कर्म अभी कोई आनंद नहीं देंगे, अगले जन्म में ही उसका लाभ होगा।
- भाग्य में होगा तो ही हम खुश होंगे। (हकीकत में आनंद सभी का जन्मसिद्ध अधिकार है।)
- ईश्वर - विशेष चेहरा, आभूषण, मेकअप रखता है तथा कुछ बातों पर नाराज़ होता है और कुछ बातों पर खुश होता है।
- मोक्ष मरने के बाद मिलता है।

ऐसी पुरानी मान्यताएँ रखनेवाले लोग पुराने ज्ञान पर अमल नहीं करते और नया सुनने के लिए तैयार नहीं होते, बस बीच में ही अटके रहते हैं। अतः वे अधूरे ज्ञान के सहारे ही जीवन बिताते हैं। अब समय आया है कि हम सही जवाब प्राप्त करके सच्चे अध्यात्म (जीवन लक्ष्य) को समझें।

इस पुस्तक में आपको अध्यात्म के नए जवाब प्राप्त होंगे।

गलत जवाब दे-देकर इंसान की विचार शक्ति नष्ट कर दी गई है। वक्त आया है कि हम अपने जीवन के केवल 24 घंटे सत्य जानने के लिए खर्च करें। यही इस पुस्तक का उद्देश्य है।

तेजज्ञान ग्लोबल फाउण्डेशन

# सरश्री अल्प परिचय

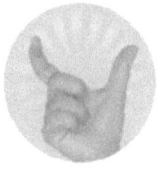

**स्वीकार मंत्र मुद्रा**

सरश्री की आध्यात्मिक खोज का सफर उनके बचपन से प्रारंभ हो गया था। इस खोज के दौरान उन्होंने अनेक प्रकार की पुस्तकों का अध्ययन किया। इसके साथ ही अपने आध्यात्मिक अनुसंधान के दौरान अनेक ध्यान पद्धतियों का अभ्यास किया। उनकी इसी खोज ने उन्हें कई वैचारिक और शैक्षणिक संस्थानों की ओर बढ़ाया। इसके बावजूद भी वे अंतिम सत्य से दूर रहे।

उन्होंने अपने तत्कालीन अध्यापन कार्य को भी विराम लगाया ताकि वे अपना अधिक से अधिक समय सत्य की खोज में लगा सकें। जीवन का रहस्य समझने के लिए उन्होंने एक लंबी अवधि तक मनन करते हुए अपनी खोज जारी रखी। जिसके अंत में उन्हें आत्मबोध प्राप्त हुआ। आत्मसाक्षात्कार के बाद उन्होंने जाना कि अध्यात्म का हर मार्ग जिस कड़ी से जुड़ा है वह है- समझ (अंडरस्टैण्डिंग)।

सरश्री कहते हैं कि 'सत्य के सभी मार्गों की शुरुआत अलग-अलग प्रकार से होती है लेकिन सभी के अंत में एक ही समझ प्राप्त होती है। 'समझ' ही सब कुछ है और यह 'समझ' अपने आपमें पूर्ण है। आध्यात्मिक ज्ञान प्राप्ति के लिए इस 'समझ' का श्रवण ही पर्याप्त है।'

सरश्री ने ढाई हज़ार से अधिक प्रवचन दिए हैं और सौ से अधिक पुस्तकों की रचना की हैं। ये पुस्तकें दस से अधिक भाषाओं में अनुवादित की जा चुकी हैं और प्रमुख प्रकाशकों द्वारा प्रकाशित की गई हैं, जैसे पेंगुइन बुक्स, हे हाऊस पब्लिशर्स, जैको बुक्स, हिंद पॉकेट बुक्स, मंजुल पब्लिशिंग हाऊस, प्रभात प्रकाशन, राजपाल अॅण्ड सन्स इत्यादि।

# तेजज्ञान फाउण्डेशन – परिचय

तेजज्ञान फाउण्डेशन आत्मविकास से आत्मसाक्षात्कार प्राप्त करने का एक रास्ता है। इसके लिए सरश्री द्वारा एक अनूठी बोध पद्धति (System for Wisdom) का सृजन हुआ है। इस पद्धति को अन्तर्राष्ट्रीय मानक ISO 9001:2008 के आवश्यकताओं एवं निर्देशों के अनुरूप ढालकर सरल, व्यावहारिक एवं प्रभावी बनाया गया है।

इस संस्था की बोध पद्धति के विभिन्न पहलुओं (शिक्षण, निरीक्षण व गुणवत्ता) को स्वतंत्र गुणवत्ता परीक्षकों (Quality Auditors) द्वारा क्रमबद्ध तरीके से जाँचा गया। जिसके बाद इन पहलुओं को ISO 9001:2008 के अनुरूप पाकर, इस बोध पद्धति को प्रमाणित किया गया है।

फाउण्डेशन का लक्ष्य आपको नकारात्मक विचार से सकारात्मक विचार की ओर बढ़ाना है। सकारात्मक विचार से शुभ विचार यानी हॅपी थॉट्स (विधायक आनंदपूर्ण विचार) और शुभ विचार से निर्विचार की ओर बढ़ा जा सकता है। निर्विचार से ही आत्मसाक्षात्कार संभव है। शुभ विचार (Happy Thoughts) यानी यह विचार कि 'मैं हर विचार से मुक्त हो जाऊँ।' शुभ इच्छा यानी यह इच्छा कि 'मैं हर इच्छा से मुक्त हो जाऊँ।'

ज्ञान का अर्थ है सामान्य ज्ञान लेकिन तेजज्ञान यानी वह ज्ञान जो ज्ञान व अज्ञान के परे है। कई लोग सामान्य ज्ञान की जानकारी को ही ज्ञान समझ लेते हैं लेकिन असली ज्ञान और जानकारी में बहुत अंतर है। आज लोग सामान्य ज्ञान के जवाबों को ज्यादा महत्त्व देते हैं। उदाहरण के तौर पर– कर्म और भाग्य, योग और प्राणायाम, स्वर्ग और नर्क इत्यादि। आज के युग में सामान्य ज्ञान प्रदान करनेवाले लोग और शिक्षक कई मिल जाएँगे मगर इस ज्ञान को पाकर जीवन में कोई बड़ा परिवर्तन नहीं होता। यह ज्ञान या तो केवल बुद्धि विलास है या फिर अध्यात्म के नाम पर बुद्धि का व्यायाम है।

सभी समस्याओं का समाधान है तेजज्ञान। भय से मुक्ति, चिंतारहित व क्रोध से आज़ाद जीवन है तेजज्ञान। शारीरिक, मानसिक, सामाजिक, आर्थिक और आध्यात्मिक उन्नति के लिए है तेजज्ञान। तेजज्ञान आपके अंदर है, आएँ और इसे पाएँ।

यदि आप ऐसा ज्ञान चाहते हैं, जो सामान्य ज्ञान के परे हो, जो हर समस्या का समाधान हो, जो सभी मान्यताओं से आपको मुक्त करे, जो आपको ईश्वर का साक्षात्कार कराए, जो आपको सत्य पर स्थापित करे तो समय आ गया है तेजज्ञान को जानने का। समय आ गया है शब्दोंवाले सामान्य ज्ञान से उठकर तेजज्ञान का अनुभव करने का।

अब तक अध्यात्म के अनेक मार्ग बताए गए हैं। जैसे जप, तप, मंत्र, तंत्र, कर्म, भाग्य, ध्यान, ज्ञान, योग और भक्ति आदि। इन मार्गों के अंत में जो समझ, जो बोध प्राप्त होता है, वह एक ही है। सत्य के हर खोजी को अंत में एक ही समझ मिलती है और इस समझ को सुनकर भी प्राप्त किया जा सकता है। उसी समझ को सुनना यानी तेजज्ञान प्राप्त करना है। तेजज्ञान के श्रवण से सत्य का साक्षात्कार होता है, ईश्वर का अनुभव होता है। यही तेजज्ञान सरश्री महाआसमानी शिविर में प्रदान करते हैं।

## महाआसमानी शिविर (निवासी)

क्या आपको उच्चतम आनंद पाने की इच्छा है? ऐसा आनंद, जो किसी कारण पर निर्भर नहीं है, जिसमें समय के साथ केवल बढ़ोतरी ही होती है। क्या आप इसी जीवन में प्रेम, विश्वास, शांति, समृद्धि और परमसंतुष्टि पाना चाहते हैं? क्या आप शारीरिक, मानसिक, सामाजिक, आर्थिक और आध्यात्मिक इन सभी स्तरों पर सफलता हासिल करना चाहते हैं? क्या आप 'मैं कौन हूँ' इस सवाल का जवाब अनुभव से जानना चाहते हैं।

यदि आपके अंदर इन सवालों के जवाब जानने की और 'अंतिम सत्य' प्राप्त करने की प्यास जगी है तो तेजज्ञान फाउण्डेशन द्वारा आयोजित 'महाआसमानी शिविर' में आपका स्वागत है। यह शिविर पूर्णतः सरश्री की शिक्षाओं पर आधारित है। सरश्री आज के युग के आध्यात्मिक गुरु और 'तेजज्ञान फाउण्डेशन' के संस्थापक हैं, जो अत्यंत सरलता से आज की लोकभाषा में आध्यात्मिक समझ प्रदान करते हैं।

**महाआसमानी शिविर का उद्देश्य :**

इस शिविर का उद्देश्य है, 'विश्व का हर इंसान 'मैं कौन हूँ' इस सवाल का जवाब जानकर सर्वोच्च आनंद में स्थापित हो जाए।' उसे ऐसा ज्ञान मिले, जिससे वह हर पल वर्तमान में जीने की कला प्राप्त करे। भूतकाल का बोझ और भविष्य की चिंता इन दोनों से वह मुक्त हो जाए। हर इंसान के जीवन में स्थायी खुशी, सही समझ और समस्याओं को विलीन करने की कला आ जाए। मनुष्य जीवन का उद्देश्य पूर्ण हो।

'मैं कौन हूँ? मैं यहाँ क्यों हूँ? मोक्ष का अर्थ क्या है? क्या इसी जन्म में मोक्ष प्राप्ति संभव है?' यदि ये सवाल आपके अंदर हैं तो महाआसमानी शिविर इसका जवाब है।

**महाआसमानी शिविर के मुख्य लाभ :**

इस शिविर के लाभ तो अनगिनत हैं मगर कुछ मुख्य लाभ इस प्रकार हैं...

✻ जीवन में दमदार लक्ष्य प्राप्त होता है।

✻ 'मैं कौन हूँ' यह अनुभव से जानना (सेल्फ रियलाइजेशन) होता है।

✻ मन के सभी विकार विलीन होते हैं।

✻ भय, चिंता, क्रोध, बोरडम, मोह, तनाव जैसी कई नकारात्मक बातों से मुक्ति मिलती है।

✻ प्रेम, आनंद, मौन, समृद्धि, संतुष्टि, विश्वास जैसे कई दिव्य गुणों से युक्ति होती है।

✻ सीधा, सरल और शक्तिशाली जीवन प्राप्त होता है।

✻ हर समस्या का समाधान प्राप्त करने की कला मिलती है।

✻ 'हर पल वर्तमान में जीना' यह आपका स्वभाव बन जाता है।

✻ आपके अंदर छिपी सभी संभावनाएँ खुल जाती हैं।

✻ इसी जीवन में मोक्ष (मुक्ति) प्राप्त होता है।

**महाआसमानी शिविर में भाग कैसे लें?**

इस शिविर में भाग लेने के लिए आपको कुछ खास माँगें पूरी करनी होती हैं। जैसे -

१) आपकी उम्र कम से कम अठारह साल या उससे ऊपर होनी चाहिए।

२) आपको सत्य स्थापना शिविर (फाउण्डेशन ट्रुथ रिट्रीट) में भाग लेना होगा, जहाँ आप सीखेंगे- वर्तमान के हर पल को कैसे जीया जाए और निर्विचार दशा में कैसे प्रवेश पाएँ।

३) आपको कुछ प्राथमिक प्रवचनों में उपस्थित होना है, जहाँ आप बुनियादी समझ आत्मसात कर, महाआसमानी शिविर के लिए तैयार होते हैं।

यह शिविर साल में तीन या चार बार आयोजित होता है, जिसका लाभ हज़ारों खोजी उठाते हैं। इस शिविर की तैयारी आगे दिए गए स्थानों पर कराई जाती है। पुणे, मुंबई, दिल्ली, सांगली, सातारा, जलगाँव, अहमदाबाद, कोल्हापुर, नासिक, अहमदनगर, औरंगाबाद, सूरत, बरोडा, नागपुर, भोपाल, रायपुर, चेन्नई, वर्धा, अमरावती, चंद्रपुर, यवतमाल, रत्नागिरी, लातूर, बीड, नांदेड, परभणी, पनवेल, ठाणे, सोलापुर, पंढरपुर, अकोला, बुलढाणा, धुले, भुसावल, बैंगलोर, बेलगाम, धारवाड, भुवनेश्वर, कोलकत्ता, राँची, लखनऊ, कानपुर, चंदीगढ़, जयपुर, पणजी, म्हापसा, इंदौर, इटारसी, हरदा, विदिशा, बुरहानपुर।

आप महाआसमानी की तैयारी फाउण्डेशन में उपलब्ध सरश्री द्वारा रचित पुस्तकों, सी.डी. और कैसेटस् सुनकर कर सकते हैं। इसके अलावा आप टी.वी., रेडियो और यू ट्यूब पर सरश्री के प्रवचनों का लाभ भी ले सकते हैं मगर याद रहे, ये पुस्तकें, कैसेट, टी.वी., रेडियो और यू ट्यूब के प्रवचन शिविर का परिचय मात्र है, तेजज्ञान नहीं। आप महाआसमानी शिविर में भाग लेकर ही तेजज्ञान का आनंद ले सकते हैं। आगामी महाआसमानी शिविर में अपना स्थान आरक्षित करने के लिए संपर्क करें :**09921008060/75, 9011013208**

## महाआसमानी शिविर स्थान

महाआसमानी महानिवासी शिविर 'मनन आश्रम' पर आयोजित किया जाता है। यह आश्रम पुणे शहर के बाहरी क्षेत्र में पहाड़ों और निसर्ग के असीम सौंदर्य के बीच बसा हुआ है। इस आश्रम में पुरुषों और महिलाओं के लिए अलग-अलग, कुल मिलाकर 700 से 800 लोगों के रहने की व्यवस्था है। यह आश्रम पुणे शहर से 17 किलो मीटर की दूरी पर है। हवाई अड्डा, हाइवे और रेल्वे से पुणे आसानी से आ-जा सकते हैं।

मनन आश्रम, पुणे, सर्वे नं. ४३, सनस नगर, नांदोशी गांव, किरकट वाडी फाटा,

तहसील - हवेली, जिला - पुणे - ४११ ०२४. फोन : 09921008060

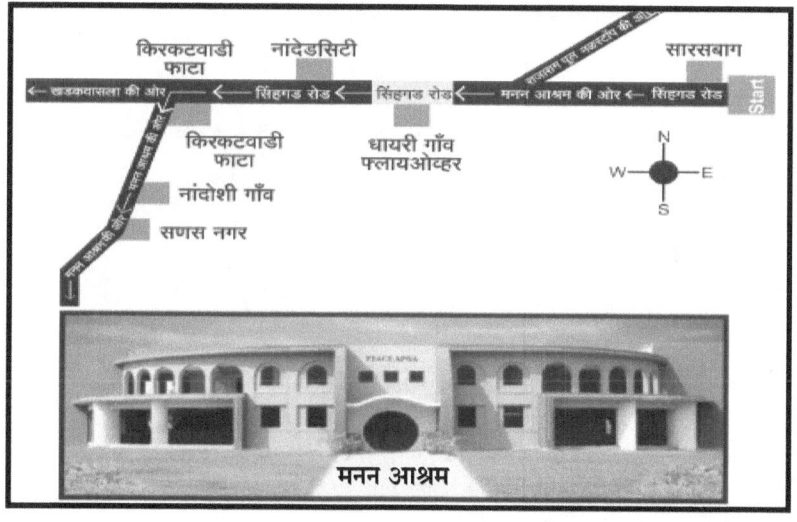

### अब एक क्लिक पर ही शिविर का रजिस्ट्रेशन !

तेजज्ञान फाउण्डेशन की इन शिविरों के लिए
अब आप ऑनलाइन रजिस्ट्रेशन भी कर सकते हैं।

* महाआसमानी महानिवासी शिविर (पाँच दिवसीय निवासी शिविर)
* मैजिक ऑफ अवेकनिंग (केवल अंग्रेजी भाषा जाननेवालों के लिए तीन दिवसीय निवासी शिविर)
* मिनी महाआसमानी (निवासी) शिविर, युवाओं के लिए

रजिस्ट्रेशन के लिए आज ही लॉग इन करें

 www.tejgyan.org

---

पुस्तकें प्राप्त करने के लिए नीचे दिए गए पते पर मनीऑर्डर द्वारा पुस्तक का मूल्य भेज सकते हैं। पुस्तकें रजिस्टर्ड, कुरियर अथवा वी.पी.पी. द्वारा भेजी जाती हैं। पुस्तकों के लिए नीचे दिए गए पते पर संपर्क करें।

**WOW Publishings Pvt. Ltd.**

* रजिस्टर्ड ऑफिस - इ- ४, वैभव नगर, तपोवन मंदिर के नज़दीक, पिंपरी, पुणे - ४११०१७
* पोस्ट बॉक्स नं. ३६, पिंपरी कॉलोनी पोस्ट ऑफिस, पिंपरी, पुणे - ४११०१७ फोन नं.: 09011013210 / 9623457873

आप ऑन-लाइन शॉपिंग द्वारा भी पुस्तकों का ऑर्डर दे सकते हैं।
लॉग इन करें - www.gethappythoughts.org
३०० रुपयों से अधिक पुस्तकें मँगवाने पर डाक-व्यय के साथ १०% की छूट।

बेस्ट सेलर पुस्तक 'विचार नियम' श्रृंखला के रचनाकार
सरश्री द्वारा सत्य संदेश का लाभ लें

संस्कार चैनल

## सोमवार से शनिवार शाम 6:30 से 6:50
## और रविवार शाम 8:10 से 8:30

www.youtube.com/tejgyan

पर भी सरश्री के प्रवचनों का लाभ ले सकते हैं।

For online shopping visit us - www.tejgyan.org
www.gethappythoughts.org

---

हर मंगलवार, शुक्रवार सुबह ९.१५ रेडियो विविध भारती, एफ. एम. पुणे पर 'तेजविकास मंत्र'

*नोट : उपरोक्त कार्यक्रमों के समय बदल सकते हैं इसलिए समय पुष्टि करें।*

---

### तेजज्ञान इंटरनेट रेडियो

२४ घंटे और ३६५ दिन सरश्री के प्रवचन और भजनों का लाभ लें,
तेजज्ञान इंटरनेट रेडियो द्वारा। देखें लिंक
http://www.tejgyan.org/internetradio.aspx

तेजज्ञान फाउण्डेशन – मुख्य शाखाएँ
पुणे (रजिस्टर्ड ऑफिस)
विक्रांत कॉम्प्लेक्स, तपोवन मंदिर के नज़दीक,
पिंपरी, पुणे–४११ ०१७.
फोन : 020-27411240, 27412576

**मनन आश्रम**
सर्वे नं. ४३, सनस नगर, नांदोशी गाँव,
किरकटवाडी फाटा, तहसील – हवेली,
जिला– पुणे – ४११ ०२४. फोन : 09921008060

### e-books
•The Source •Complete Meditation •Ultimate Purpose of Success •Enlightenment •Inner Magic •Celebrating Relationships •Essence of Devotion •Master of Siddhartha •Self Encounter, and many more.
Also available in Hindi at www. gethappythoughts.org

### Free apps
U R Meditation & Tejgyan Internet Radio on all platforms like Android, iPhone, iPad and Amazon

### e-magazines
'Yogya Aarogya' & 'Drushtilakshya'
emagazines available on www.magzter.com

### e-mail
mail@tejgyan.com

### website
www.tejgyan.org, www.gethappythoughts.org

– नम्र निवेदन –
विश्व शांति के लिए लाखों लोग प्रतिदिन
सुबह और रात ९ बजकर ९ मिनट पर प्रार्थना करते हैं।
कृपया आप भी इसमें शामिल हो जाएँ।

www.ingramcontent.com/pod-product-compliance
Lightning Source LLC
LaVergne TN
LVHW040147080526
838202LV00042B/3055